R·E·S·P·E·C·T
リスペクト

ブレイディみかこ
MIKAKO BRADY

CONTENTS
目　次

＊2013〜2014年頃の1ポンドはおおよそ160円

リスペクト
R·E·S·P·E·C·T

この物語は、二〇一三年にロンドン東部で始動したFOCUS E15運動と、同運動が二〇一四年に行ったカーペンターズ公営住宅地の空き家占拠・解放活動に着想を得たフィクションであり、小説であります。

著者においなるインスピレーションを与えてくれた若きシングルマザーたち、そしてこの反ジェントリフィケーション運動*の関係者たちに感謝を捧げつつ、いまだ彼女たちがしたことについて知らない日本の読者たちに本書をぶち投げます。

＊ジェントリフィケーション（gentrification）
都市において、低所得の人々が住んでいた地域が再開発され、お洒落で小ぎれいな町に生まれ変わること。「都市の高級化」とも呼ばれ、住宅価格や家賃の高騰を招き、もとから住んでいた貧しい人々の追い出しに繋がる。

労働者の女性たちの生活は厳し過ぎ、教育をほとんど受けていないので、投票権を勝ち取る運動で影響力ある声にはならないと言う人々がいます。そうした人々は歴史を忘れてしまったのです。

——シルビア・パンクハースト

主な登場人物 ★ MAIN CHARACTERS

★ジェイド
グループのリーダー的存在の若いシングルマザーの白人女性。おとなしい性格だったが、若年層ホームレスのホステル（ザ・サンクチュアリ）から退去せよという通知を受け、歩道でいきなりアピールを始める。同じホステルのシングルマザーたちと共に、E15ロージズという運動グループを始動。出産前は保育士の仕事をしていた。

★ギャビー
ジェイドたちと共に立ち上がる若いシングルマザー。ラッパー風ファッションの黒人女性で、アクロバティックなダンスと子どもたちの世話が得意。パワフルでタフだが、情に厚い。ジェイドやシンディと共に悩みながら闘っていく。

★シンディ
ジェイドたちと共に立ち上がる若いシングルマザー。フィリピン系移民の母親を持つ。元ネイルアーティストで爪には赤の薔薇を描いている。鮮やかな口紅が印象的な小柄でおしゃれな女性。ジェイドたちを優しく気づかう。

★ローズ
E15ロージズのシングルマザーたちの運動を背後からがっちり支える、ゴシック・パンク風の初老の女性。革ジャンが似合い、眼光鋭い目と苦み走った表情で、昔は泣く子も黙る運動家としてならした。ブルース・ウィリスに似ている。二の腕に、薔薇と食パンのタトゥーをしている。ジェイドたちに運動のやり方を伝え、プロテストソング「パンと薔薇」を歌い励ます。

★史奈子
日本の大手新聞社のロンドン駐在員事務所に勤務する二十代の新聞記者。バーバリーのトレンチコートを着て、セミロングの髪をポニーテールに結び、取材を行う。E15ロージズの占拠運動に対して「不法行為」と批判的だったが、現場の人々の相互扶助のスピリットに出会う。

★幸太
東京から来た若いアナキスト。史奈子の元恋人。E15ロージズの占拠現場が見たくて政治・思想誌『標榜』の取材のために渡英。イエス・キリストか又吉直樹か、みたいな髪型で、いつも黒ずくめ。妙に人なつこく、緩い性格で、英語が喋れなくてもずんずん現地の人々に入り込んでいく。

★ナイラ
ローズの昔の運動仲間の女性。福祉専門の大学教員。再開発の問題についてE15ロージズにレクチャーするなど支援する。パキスタン系で、小柄。黒髪をおさげにして丸い大きな黒縁の眼鏡をかけている。ジミ・ヘンドリックスのTシャツの上に別珍のブレザーを着て、ジーンズを穿いた姿は少年のようにも見える。

★ロブ
貸し切りバスのレンタル会社を経営する。ローズとナイラの昔の運動仲間。E15ロージズをローズたちと共に全面的に支援する。若い頃はガリガリに痩せて目つきが鋭く、その黒ずくめの姿は、ヴィニー・ジョーンズを髣髴とさせるハードボイルドなアナキストだった。が、今は人の好さそうな中小企業の社長。

★ウィンストン
公営住宅の占拠地で、バスルームやトイレの水回りの修繕法をレクチャーする、年配の配管工。カラフルなニット帽をかぶったラスタマンで、幸太と意気投合。

★ラッセル・シャープ
コメディアン。ジェイドにインタビューしたり、占拠地にカメラクルーを連れてきたりして、E15ロージズの運動を世に広げる。長髪に革ジャンで、お笑いの人というよりロックミュージシャンのように見える。左派系の高級紙に連載コラムを持つ。

そして、本作のラスボス

★シルビア・パンクハースト（1882〜1960年）
イギリスの婦人参政権活動家（サフラジェット）。1914年にイースト・ロンドン・フェデレーション・オブ・ザ・サフラジェットを設立。ロンドン東部の貧困者や労働者を支援し、戦争に反対した伝説のアクティヴィスト。

装丁　岩瀬聡
装画　NAKAKI PANTZ

序章
オープニング・スピーチ

「みなさん、あたしたちはロンドンから追い出されようとしています。マンチェスターへ、バーミンガムへ、リーズへ、家族も友人もいない遠い場所に移住させられようとしているのです。

家賃を払えるはずもないのに、民間の賃貸住宅に引っ越せとアドバイスする福祉職員もいます。ロンドンの家賃は高過ぎて、とても庶民には部屋を借りられないことは、この街に住んだことのある人なら誰でも知っているでしょう。

あたしたちは「ザ・サンクチュアリ」というホステルに住んでいたシングルマザーです。そのホームレス用ホステルには約二百の部屋があり、二十七人の子どもを持つ母親たちも住んでいました。ところが、昨年の夏、あたしたちは突然に退去要求の手紙を受け取ったのです。二カ月のうちに出て行けと書いてありました。

あたしたちにはそれぞれ違う事情があり、様々な理由でそこに住んでいました。DVから逃げてきた人たち、養護施設や里親の家から出て来たばかりで赤ん坊を産んだ母親たち、実際に路上生活をしていた人たち。あたしも貧乏な労働者階級の家に生まれ、十代で子どもを産んで生活に困ってホームレスになり、ホステルに住むようになりました。

あたしは社会運動家でも労働組合員でもありません。ただの二十歳の母親です。一年前には、自分がこんなところでスピーチする日が来るなんて想像もできませんでした。前のあたしはとてもシャイで、誰かに自分の考えを言うことをいつも怖がっていた。権力を持っている人々、ああしろ、こうしろとあなたに命じる人々は、あなた自身をとても小さな存在に感じさせ、

「そんなことを言うとひどい目にあいますよ」と脅して何も言えない人間にしてしまうからです。

だけど、あの通知を受け取った日、あたしは気づきました。いつもビクビクして黙っていると、あたしやあたしの赤ん坊のような人間は存在しないものにされてしまう。おとなしくしているからいいんだと思って、どんどん生きるために必要なものを取り上げられてしまう。

そもそも政府や自治体が権力を持っているのは、人々のためにその力を使うためです。それを使って人を脅したり、人々から何かを取り上げるためじゃない。権力を持っている人々は本来の自分の仕事をすべきです。すべての住民が屋根のある場所に住めるように、手頃な家賃の住宅を提供すべきなのです。ロンドンに必要なのは、ソーシャル・クレンジング（地域社会の浄化）ではなく、ソーシャル・ハウジング（公営住宅制度）なのです。人には等しく居住の権利があるのですから。

最後になりましたが、大切なお知らせがあります。

住む家をなくしたあたしたちは無人の空き家を占拠しました。自治体の不手際で住む人もいないまま放置されていた公営住宅地の建物です。国も自治体もあたしたちの権利を保障しないのなら、あたしたちが自分で自分の権利を行使します。R（アール）・E（イー）・S（エス）・P（ピー）・E（イー）・C（シー）・T（ティー）！　あたしたちが求めているのは少しばかりのリスペクトなのです」

史奈子は自宅の居間のソファに座ってその映像を見ていた。

赤い煉瓦の壁の典型的な二階建ての公営住宅の前に、その若い女性はマイクを握って立っている。彼女の左脇にはジャージの上下にキャップを被って大きなサークル状の金のイヤリングをつけた、ラッパーみたいな黒人女性。右脇には、真っ赤のセーターにスキニージーンズを穿き、セーターと同色の鮮やかな赤い口紅をつけたアジア系の女性が立っていた。

三人の若い女性たちから少し離れたところには、淡いピンク色に染めた髪を逆立て、鋲がたくさんついた革のベストを着た、ゴシックパンク風の初老の女性があぐらをかいて地べたに座っている。周囲にいる人々に比べると、真ん中でスピーチしているふくよかな女性はぐっと地味、というか、そこらへんのスーパーマーケットでよく見かける英国人の若い母親という感じの外見だ。でも、スピーチの口調は淀みなく、場慣れしている感じだった。彼女の言葉に「イエーイ」と声を上げたり、口笛を鳴らしたりしているのは、史奈子が日常的に接している英国人とは全く違うタイプの人々だった。小汚い、というか、いなたい。史奈子がイメージとして知っている（または時々、取材でタクシー移動するときに窓から遠目に見る）公営住宅地系ファッションの人たちだ。

どうしてあの人たちは寝るときも起きているときも同じという感じの格好をしているのだろう、と史奈子は思った。霜降りグレーのスウェットの上下とかジャージとか、あまりにも画一的だ。外に出て働いていないと人間はああなってしまうのだろうか。そういえば、英国のキャメロン首相は、ああいう人々で構成された社会階層のことを「ブロークン・ブリテン」と呼び、壊れた英国を修復すると言って人気を集め、選挙に勝ったのだった。

眉間に皺を寄せてそのようなことをつらつら考えながら、史奈子はぶしゅっとビールの缶を開けた。そしてティーテーブルの上からスマホを取り、日本からのメッセージをもう一度見た。

「うっひょーー!!　ロンドンですげえことが起きてるじゃん。トーキョー・アナキストの♥も彼女たちとともに。ファック・ジェントリフィケーション！　闘う母ちゃんたち最高！」

どうやら幸太が書いてきたのは、この公営住宅占拠事件のことだったらしい。久しぶりに連絡が来たかと思ったら、何が「ファック・ジェントリフィケーション」だ。そんなことよりファック・ユーだ。

史奈子は黒縁の眼鏡を手で押し上げ、返事をタイプした。

「いまテレビで見たよ。このニュースがアナキストと関係あるとは思わなかったけど」

そのままスマホをテーブルの上に置いてソファから立ち上がろうとすると、秒速で着信音が鳴った。

「あるもなにも、これこそアナキズム。直接行動、すげー!!　血がたぎるう。俺もロンドンに行っちゃうかも」

は？

史奈子はスマホを見て、前髪をかき上げながらソファに座り直した。ロンドンに行っちゃうかも？　一年前に別れた恋人にこんなことをあっさり言える人間の気が知れなかったが、こういうことをつるっと言えるところがいかにも幸太だ。単純に面白そうなことが起きているから見に行きたいという、きわめてシンプルな欲望に突き動かされているのである。そういう人間

思い返してみれば、半年ほど前に彼から連絡が来たときには、家賃が払えなくなってアパート

史奈子は満足そうにきゅっと口角をあげて微笑み、幸太にメッセージを送った。

これ。

ドリーだが、そこはかとない距離感も感じられる。社交的距離(ソーシャル・ディスタンス)。やっぱ大人はこれでしょ、

況について述べているだけで、私的な要望や呼びかけはいっさい含まれていない。一見フレン

じゃないかと思った。来たら、とも言ってないし、来るな、とも言ってない。こちらの気候状

史奈子はそうタイプして、メッセージを読み直した。なかなかニュートラルな響きでいいん

「いい季節だよ。まだ寒くないし、ビールがうまい」

あい。だったらいろいろ考えず、適当にふつうの社交辞令を書いて戻せばいいのだ。

んでいるわけでもないのだから、彼と私がいま行っているのは単なる社交。人と人とのおつき

いくらなんでも非社交的だからだ。社交。そう社交である。もう恋人でもないし、一緒に住

と、いっぺんタイプした言葉を、史奈子は削除した。

「来るな」

しい。

してこういう軽々しいメッセージを打ってきているとすれば、本気にして動揺するのはバカら

ことは、彼は起きている。たぶん、例によってまた新宿かどこかで飲んでいるのだろう。泥酔

だいたい、いま日本は朝方の五時ぐらいのはずだが、すぐにメッセージが返って来たという

なのだ。だからこそ、史奈子は彼と別れた。なぜなら、史奈子はそういう人間じゃないから。

トを追い出されたので、アナキスト仲間がやっている古本屋の倉庫で寝ていると言っていた。またいくらか送金してほしかったのかなと思ったが、史奈子は「大変だね、がんばって」と返信した。そしたら先方は「うん。大変、すごく」としつこく書いてきた。「大丈夫、日はまた昇る」と打ち返したら、「昇るかな。。。すごく大変だけど」と甘えモードに入ったので、ここいらで破壊力ある返信をと思い、「昇らないものを昇らせるのがアナキストでしょ。既成概念を打ち壊せ」と嫌味を書いた。いま思えばちょっと意地が悪かったかもしれないが、それが功を奏して、ぷっつり彼からの連絡は途絶えていたのだ。

とは言え、よく考えてみればそれほど金銭に窮している幸太がロンドンに来るなんてあり得ない。家賃を払えない人間に海外渡航費用がつくれるわけがない。どうもあいつが絡んでくると調子が狂ってしまうけど、冷静に考えるとアホくさくなってくる。結局、それがわかるまでに五年もかかってしまったのだったが、もう貧乏アナキストに足を引っ張られたりしない。そのために私はロンドン駐在の辞令を受けたのだから。

二十代にして日本の高級紙から派遣された英国駐在記者。それはこれまでの自分の頑張りの成果だ。私はいま、こうしてテムズ川を見下ろす高層フラットのベランダに立ち、優雅にビールを飲みながら、ロンドンの美しい夜景を見下ろしている。このクールで快適なライフスタイルに、幸太のような男の居場所はない。

そう考えながら、史奈子は満足げに微笑んでいた。インディアンサマーの熱を帯びた生ぬるい秋風が頬を吹き抜けていく。史奈子は頬にひんやりしたビールの缶をあてて瞳を閉じた。

すべて良好。変なやつさえいなければすべてうまくいく。

そのとき、居間のテーブルの上に置き去りにされたスマホがピロロロロという着信音と共に妖しい光を放っているのを史奈子は知る由もなかった。

スクリーンの中央には新着メッセージが映し出されている。

「マジかーーーー！　おう、行くぜ、俺もパイントでビール飲みに!!」

第一章　それはオリンピックの翌年に始まった

ジェイドの覚醒

二〇一三年八月のある暑い日、三人の若い母親たちがロンドンのホームレス専門ホステルの一室に座っていた。

「出て行けって言ったって、どこに行けばいいんだよ？　そもそもあたしら行き場がないからここにいるんだろ」

頭部の左右を剃りあげ、中央部に残ったドレッドロックの髪を頭頂部でポニーテールに結んだギャビーが、ジャマイカ訛りのコックニー英語で毒づいていた。

「ファッキン・オリンピックパークのせいだ。ぜんぶオリンピックが悪いんだよ。クソみたいなファッキン再開発計画なんて進めやがるから」

彼女たちは、ホステルの持ち主である住宅協会から退去通知を受け取ったばかりだった。地方自治体が福祉予算削減の一環としてこのホステルへの拠出を削減すると決定したので、十月半ばまでに出て行けというのである。

郵便番号が「Ｅ15」のロンドン東部の地区は、もともとは廃棄物処理場や倉庫が立ち並ぶ、さびれた地域だった。が、二〇一二年のロンドン五輪で、選手村やスタジアムなどの競技場を一か所に集めるオリンピックパーク用地として選ばれ、それを契機に大がかりな再開発が進められた。古い商店街や住宅地は次々と取り壊され、高級マンションやモダンなオフィスビル、巨大なショッピングセンターなどができて、一大ニュータウンとして生まれ変わったのだった。

だが、その美しく整然とした街にも、まだ昔ながらの建物がところどころに残る区画があった。十階建てのホームレス専門ホステル、ザ・サンクチュアリもそんな区画に立っていた。

「こういうの、ソーシャル・クレンジングっていうんだって」

フィリピン系移民のシンディが長い黒髪を掻き上げながら言った。ネイルアーティストをしていた彼女の爪には赤い薔薇が描かれている。

「何それ？　エスニック・クレンジングっていうのは聞いたことあるけど」

ジェイドが尋ねると、シンディは答えた。

「同じようなもんだよ。人種の違う人じゃなくて、貧乏人を街から追い出して地域社会を浄化するっていう意味なんだって」

三人が座っているのはホステルの一階にある子ども用プレイルームだった。屋内用の小さなすべり台やソフト積み木、小さなお城の形をしたトランポリンなどが並んでいる。ホステルの各人の部屋はとても狭く、子どもが遊べるようなスペースはないので、子持ちの母親たちはみんなここに降りてくる。

「だいたいさ、なんで区はいきなり予算削減なんてすることになったの？」

母乳を吸っている娘が自分の赤毛の長い髪を手で弄(もてあそ)んでいるのを見ながらジェイドが言った。

「新聞で読んだけど、政府が始めた緊縮って政策のせいらしいよ」

ギャビーが答えると、シンディも言った。

「うん。そうみたい。その緊縮ってやつのせいで、政府が生活保護受給者を締め付けにかかってるんだ。特にあたしらみたいなシングルマザーが標的にされているらしい」

「行政はもうお金を出さないから、自分たちで何とかしろって言い出したんだ」

自分たちで何とかならないからホステルにいるのに、どうしろっていうんだろう……。

ジェイドはため息をついた。でも、何とかしなくてはいけない。赤ん坊を連れて路上に出るわけにはいかないからだ。

ジェイドは数日前に福祉事務所に相談に行ったときのことを思い出した。住居のことは区役所の住宅課で相談しろと言われたので行ってみると、区内の他のホステルにも公営住宅にも空きはないから、民間の賃貸住宅を借りるしかないだろうと言われた。

そんなことを言われても、民間の賃貸住宅など家賃が高すぎて借りられるわけがない。でも、ギャビーやシンディと一緒に一軒のフラットをシェアすればどうにかなるかもしれないと思い立ち、手分けしてめぼしい物件に片っ端から電話もしてみた。すると、先方は必ずこう言うのだった。

「賃貸手続きには職場からの在籍証明書が必要になります」

ホームレスのジェイドたちには職場なんてない。だから、

「生活保護を受給しています」

と答えると大家も不動産業者も口をそろえて言った。

「申し訳ありませんが、生活保護受給者の方々とはお取引しておりません」

そんなわけで、まる二日間、三人は電話をかけまくったが、とうとう一軒も物件を見に行くことはできなかった。生活保護受給者が民間の住宅を賃貸することの難しさを住宅課の職員は知っているのだろうか？　知っていて「民間の賃貸しかないですね」などと言っているのだとすれば、じゃあ路上に寝なさいと言っているのと同じことだ。

「行き先、見つかった？」

エレベーターでプレイルームに降りてきた別の母親たちがジェイドたちに聞いてきた。この言葉は、ここに住む母親たちが顔を合わせるときの挨拶みたいになっている。ジェイドたちが首を振ると、頭にヒジャブを被った小柄な母親が言った。

「今日、福祉課と住宅課に相談に言ったら、バーミンガムのフラットを紹介されちゃった」

「え？」とギャビーが声を上げる。

「中北部に行きなさいって言うの。バーミンガムなら安いフラットがあるから、住宅補助金でなんとか賄（まかな）えますよって」

「嘘でしょ……、バーミンガムなんて、そんな遠いとこ」

ギャビーが呆れたように首を振ると、ドレッドの髪についたビーズがじゃらじゃら鳴った。

「それで、何て答えたの？　まさか行くなんて言ってないよね？」

ジェイドが尋ねるとヒジャブを被った母親が答えた。

「即答はしなかったけど、考えますって言ったの。だって、そこしかないんだったら、行くしかないじゃない……」

「ダメだよ、イエスなんて言ったら！　うっかり一人でもイエスって言ったら、みんなそうさせられちゃうから」

ギャビーが拳を握りながらそう言い、ジェイドとシンディも頷いた。住宅課の職員たちの対応は新たな局面に入ったようだった。ロンドンにはもう住めないことを母親たちに実感させ、諦めさせた後で、家賃の安いイングランド北部や中部に引っ越しさせようとしているのだ。

その証拠に、三人でバギーを押しながら再び区役所に相談に行ってみると、ジェイドとギャビーとシンディもまったく同じことを言われた。ジェイドはリーズ、ギャビーはマンチェスター、シンディはヨークの賃貸住宅を斡旋されそうになったのだ。

「冗談じゃない！　家族も友人もいない北部にシングルマザーが一人で行って子どもを育てろなんて、どんだけ大変かわかってんの？」

ギャビーが椅子から立ち上がって食ってかかると、毛玉だらけの紺色のフリースを着た中年の窓口の男性職員が言った。

「お、落ち着いてください」

「あんたたち、ロンドンには家が不足しているっていつも言うけど、このあたり、空き家だらけじゃんか。投資家が買って貯金箱がわりにしてるからだよ。買ったやつらは値が上がったら転売するつもりだから、人が住んでようがどうしようが知ったこっちゃない。空き家はゴロゴロあるのに、地元の人間が住める家がないなんて、どう考えてもおかしいだろ」

ギャビーは新聞をよく読んでいた。「そうでちゅねー」「おりこうさんでしゅねー」とか言って子どもの相手ばかりしていると、大人の会話が恋しくなる。でも話をする相手がいないので、ホステルの一階に置かれている無料配布の地方紙や社会活動家たちが作ったリーフレットを部屋に持ち帰って貪るように読むのだった。だから、ギャビーはこの地域の住宅問題には詳しかった。

「不動産業者と投資家はここをファッキン・ミドルクラスの街にしようとしている。区も住宅協会もその片棒をかついでる。ファック・ジェントリフィケーション！」

ギャビーがFワードを放つと、紺色のフリースの職員が机上のブザーを押した。数名の男性職員が中からぞろぞろ出て来た。スーツ姿の上司らしい中年男性が近づいてきて叫んだ。

「職員に対する虐待的な言動を許すわけにはいきません」

「虐待的だって？　ホームレスをシェルターから追い出すのはファッキン虐待じゃないのかよ。子連れの若い母親に北部に行けっていうのはファッキン虐待じゃないのかよ？」

「大声を出すのはやめてください。職員へのリスペクトを示してください」

まるで汚らしいものでも見るような目つきで顔をしかめ、スーツ姿の男性が吐き捨てるように言った。

「我々は公僕ですが、そのようなリスペクトに欠ける態度は許容しません」

リスペクト。

ギャビーの子どもを抱いて後方に立っていたジェイドの頭に、その言葉がこびりついた。

あたしたちはいつもこの言葉を言われてきた。生活保護を貰っていて、福祉課や政府や納税者の世話になっている人間は、もっと社会へのリスペクトを示せと。ホステルの部屋の天井にカビが生えていても、フローリングがあちこち剝げた床はヨチヨチ歩きの子どもを育てるには危険でも、セントラルヒーティングの調子が悪くて冬はコートを着て寝ていたとしても、不平を言ってはいけない。そんな態度はわがままで、リスペクトが足りないと。

だけどジェイドはリーズには行きたくなかった。

もし、実家にそこそこお金があり、年金で食べて行ける身分の親がいて、昼間にジェイドの赤ん坊を預かることができたら、こんなことにはならなかっただろう。ジェイドは再び保育士として働けるし、自分で安い部屋を借りて、子どもと二人、貧しくても暮らしてゆける……、と思ったところでジェイドの思考は止まった。たかが千百ポンド（一ポンド百六十円換算で約十七万六千円）ぐらいの保育士の月給で、どんなにぼろっちくて狭くても家賃が千ポンドは下らないロンドン東部の部屋を借りて生活していけるわけがないからだ。

つまり、あたしのような人間は、仕事をしていようがどうしようが、生まれ育った街ではもう暮らしていけないのだ。

ジェイドは覚醒に打たれていた。

「リスペクトしろ」とこの人たちは言う。でもそれって、要するに「黙れ」という言葉の言い換えなんじゃないのか。どう考えてもおかしいことや、理屈に合わないことに気づいていても、身分をわきまえて沈黙していろということなんじゃないのか。

ギャビーが警備員に両脇から挟まれて外に連れて行かれようとしていた。シンディも待合所の椅子から立ち上がり、バギーを押して後を追う。右の腕にギャビーの赤ん坊を抱え、左手で自分の子どもが乗ったバギーを押しながらジェイドもその後を追った。が、何歩か進んだところで、ジェイドは勇気を出して振り返り、職員たちに言った。

「これがあなたたちの、住民に対するリスペクトですか」

窓口の職員たちは、ふふ、と薄笑いを浮かべたり、肩をすくめたりしている。人を笑っているあなたたち。

あなたたちのその顔をあたしは絶対に忘れない。

ジェイドは踵(きびす)を返して役所の出口に向かって歩き始めた。

あたしはもう黙らない。あたしはもう黙らない。あたしはもう黙らない。

同じ言葉を自分の血管に叩き込むように頭の中で繰り返しながら。

腹から出せ、ギリギリの声を

「ここでやんの？　本当に？」

長い黒髪を指で弄びながら、シンディが不安そうな声を出している。

「そう、ここでやるの」

きっぱりとジェイドが答えた。大きな段ボール紙を紐で首から下げたジェイドは、プラカード人間みたいになっていた。彼女の上半身を覆っている段ボールのプラカードには「ソーシャル・クレンジング（地域社会の浄化）ではなく、ソーシャル・ハウジング（公営住宅制度）を」とマジックで大きく書かれている。

「やっぱそれ、ちょっとアンクール過ぎない？」

ドレッドヘアの末端についたラスタカラーのビーズをじゃらじゃら鳴らしながら、呆れたようにギャビーが首を振る。

「だって、あたしたちの主張を一目でわかってもらえたほうがいいでしょ」

ジェイドはそう言いながら、歩道と道路の間のフェンスに立てかけられている二枚の段ボール紙を指さした。ギャビーとシンディにも同じスローガンを書いた手作りのプラカードを首から下げてほしいのだが、二人はダサいと言って拒否しているのだった。

商店街のスーパーマーケットの前の歩道は、週末だけあって人通りが多かった。三人から少し離れたところには、ザ・サンクチュアリの住人の母親たちが立ち、道行く人々に手作りのビラを渡している。

ジェイドは覚悟を決めたようにふうと息を吸い、握りしめた紙を開いて大きな声で読み始めた。

「みなさん、あたしたちはザ・サンクチュアリという、若いホームレス専用のホステルに住んでいます。三週間前、あたしたちは退去通知を受け取りました。十月までに出て行けと言うのです。あたしたちはみんな子持ちのシングルマザーで……」

ジェイドのほうに初老の男性が近づいて来た。

「これで子どもに何か買ってやりな、ラヴ」

そう言って五ポンド札を差し出している。白髪の男性は、善意に満ちたやさしい笑みを浮かべていた。

「ありがとうございます。でも、あたしたちは物乞いをしているわけではないんです」

ジェイドが言うと、男性は困惑したように首を傾げた。

「そうじゃなくて……これは運動、そう、運動なんです！」

自分が発した声の大きさにジェイドは自分で驚いた。こんなにきっぱりと何かを断ったことなんていままでなかったからだ。これまでは、悪気がなくて他人が自分のためにしているとわかることは、たとえそれが自分の意にそぐわないことでも笑って受け入れて来た。だけど、今回だけは違う。ここからは引けない、ここで引いたらダメなんだという気持ちが、ジェイドの中から不思議と湧き上がってくる。

ジェイドはその気持ちに任せて自作のスピーチを読み続けた。しかし、白髪の老人が去って行ってからは、もう誰も足を止める人はいなかった。往来を歩く人々は振り返りもせずジェイドの前をぞろぞろ通り過ぎていく。

舗道の端のフェンスに背中を預けて立っていたギャビーが、ジェイドのほうに近づいて来た。

「人を止めなきゃ、とにかく人を」

「どうやって?」

「……あたしに任せといて」

ギャビーはそう言って自分のスマホからイヤフォンのコードを外した。

ケンドリック・ラマーの曲があたりに響きわたる。

ギャビーはいきなり大股を広げて腰をぶんぶん振り、空中キックをしたり、肩をガクガク揺らしたりして激しく踊り始めた。片手を腰に当てて、もう一方の手の人差し指を「ノー、ノー、ノー」という感じに振りながらモデル歩きで前進したかと思うと、また大股開きで腰を前後に振り、リンボーダンスの人みたいに地面近くまで腰を落としたりして、アクロバティックなダンスを繰り広げている。

いきなりではあるが、うまかった。おかげで人々が立ち止まり始める。スーパーから出て来たアディダスのジャージを着た小さな黒人の子どもが、ギャビーの脇で一緒に踊り出した。人々からどよめきが起き、口笛が鳴る。そこでギャビーはぶつっと唐突に音楽を止めた。

「ノッてきたところでいきなりストップするのは残念なんだけど、あたしたちがここにいるのは踊るためじゃないんだよね。実は、あたしたちは、近所にあるザ・サンクチュアリっていうホステルの住人なんです。みんなホームレスだったからそこにいるんだけど、また数カ月後にホームレスになります。詳しいことはあたしの友達から聞いてください」

ギャビーはそう言ってジェイドのほうを見た。ジェイドはおずおずと人垣の真ん中に戻り、またスピーチの紙を読み始める。

人垣を作っていた通行人たちが、一人、また一人とその場を立ち去り始めた。去り際に、ジェイドの足元にコインを投げて行く人もいる。ジェイドはむきになったように一心にスピーチを読み続けたが、誰もジェイドの言葉を聞いている者はいなかった。

俯(うつむ)いて口をつぐんだジェイドの頭上から、低くかすれた声が聞こえてきた。

「腹の底から声を出すんだ。あんたたち、ギリギリの状況なんだろ？　だったらそのギリギリの声を聞かせろよ」

ふと頭を上げると、ブルース・ウィリスみたいな顔をした長身の女性が立っている。女性に対してブルース・ウィリス似というのも何だが、落ちくぼんだ眼光鋭い目といい、苦み走った表情といい、めっちゃ似ていた。薄いピンク色に染めた髪を耳の下あたりでばっさりボブにしたその女性は、

「ちょっと、あたしの孫たちを見ててくれる？」

と言って、ホステルの母親たちの一人に二階建てのバギーを渡した。そしてジェイドが握っていたスピーチの紙を「ちょっと貸して」とむしり取り、さっと一読すると、前を向いて朗々と喋り始めた。

「聞いてください。この若い母親たちはホームレス専用ホステルから退去させられようとしています。理由？　それは政府と地方自治体が福祉への財政支出を削減したから。でも、彼女たちはどこに行けばいいんでしょう？　福祉課は彼女たちにこう言った。「民間のフラットを借りたらいいですよ」。いったいどうやってホームレスに民間の住宅を借りろと言うんだ？　そ

んなことができるなら最初からホステルに住んでいるわけがない。当然のように彼女たちは「無理です」と答えた。そしたら今度は、北部や中部に引っ越せと言われたそうです。地方なら家賃が安いから住宅補助で住まわせてやると。この母親たちの中には十代の子も多いんです。自分たちだってまだ子どもみたいな顔をした若い母親たちに、乳飲み子を抱えて遠い見知らぬ土地へ一人で行けと本気で言ってるんだ。これが責任ある役所の大人がすることですか？　恐ろしいことに、これは作り話じゃないんです。これが緊縮財政下のイングランドの現実なんだ！」

ブルースみたいな女性はまるで舞台俳優のように言葉に抑揚をつけて、道行く人たちに語りかけるように、ドスの利いた声でスピーチを続けた。

再び通行人が止まり始めた。今度はギャビーが踊ったときのような野次馬的な立ち止まり方ではなく、明らかに彼女の話を聞くために人の流れが止まっていた。腕組みをして聞いている者、頷いている者、「そうだ！」「その通り！」と拳を握って声を上げているおじさんもいる。

このコワモテのおばさん、何者だろう？

ジェイドは彼女の横顔と人々の反応を代わる代わる見ながら、何かすごいことが起きていると思った。ピンクの髪のおばさんは、五分ぐらい喋り倒した後で、自分が来ていた革ジャンを唐突に脱いでバサッと舗道に置いた。

「もしもこの女性たちの運動に賛同するなら、募金してください。まだ募金箱の用意ができてないから、ここにお願いします」

話を聞いていた人々の幾人かが近づいて来て、革ジャンの上に硬貨を投げたり、五ポンド札を置いたりしている。

「ま、待ってください。あたしたち、お金が欲しくてやってるんじゃ……」

急いでジェイドが言うと、ブルース似の女性はしゃがれた渋い声で答えた。

「貰っときな。運動はカネがかかるから。あんたたち、まさかこれで終わるつもりじゃないんだろう？」

食パンと薔薇

ごっつい外見の女性は、実はローズというかわいい名前の人だった。演説を手伝ってくれたお礼にカフェでコーヒーを飲みませんかとジェイドたちは誘ったが、全員合わせると十何台もあるバギー（しかもローズのは二階建てだった）をぞろぞろ押して入れるカフェはなかったので、飲み物をテイクアウトして近くの公園に行くことになった。

「何かの運動に関わって来られたんですか？」

ジェイドが尋ねるとローズは苦み走った表情でふっと微笑した。

「若い頃にちょっと、ね」

ローズは紙コップの紅茶に口をつけ、目を細めて昔を思い出すような表情をしている。

「どうしてあそこで演説しようと思ったの？」

ローズが尋ねると、ギャビーが答えた。

「人目につくかなと思って」

「人目につくことはもちろん大事。でも、それより重要なことがある。あんた、それが何だかわかる？」

「え？」

「継続。根気強く同じ場所で続けること。「またやってる」と人々に思わせたらこっちのもんだ。こいつら何をしつこく言ってるんだろうと耳を傾ける人たちが出てくるから」

それを聞いていたジェイドが、意を決したように言った。

「あの……、あの、初めて会ったあなたにこんなことを言うのもどうかとは思うのですが……、あたしにスピーチの仕方を教えてください！」

ローズも、ホステルの母親たちも、一斉にジェイドの顔を見た。

「あたしたち、みんな素人なんです。運動のやり方とか全然知らないし、今までこういうことをしたことある人が一人もいない。だから、あなたに教えて欲しいんです。お願いします！」

ローズは遠くを見るような眼差しでしばし沈黙していた。そしてゆっくりと黒いTシャツの半袖をまくり上げ、自分の二の腕をジェイドたちに見せた。

「このタトゥーの意味、わかる？」

ジェイドたちは息をのんだ。

Tシャツの袖から出ている左腕には一輪の薔薇の彫り物が見えていた。それだけなら、ありふれたロックンローラーのタトゥーの図柄だ。が、反対側の右の二の腕には驚くようなモチーフが隠されていた。食パンである。一枚の食パンのタトゥーがそこにあった。

「薔薇と、……食パン？」

シンディが素朴に見たままを口にすると、ローズが言った。

「パンと薔薇。という歌を、あんたたち、知ってる？」

シンディが首を振るとローズは微笑し、すうっと息を吸って、かすれた声で歌い始めた。

私たちは行進する　行進する
美しい昼間の街を
百万の煤けた台所が
千の屋根裏の灰色の製粉部屋が
きらきらと輝き始める
突然の日の光に照らされて
人々が聞くのは私たちの歌
「パンと薔薇を　パンと薔薇を」

私たちは行進する　行進する

私たちは男たちのためにも戦う
彼らは女たちの子どもだから
私たちは今日も彼らの世話をする
暮らしは楽じゃない
生まれた時から幕が下りる時まで
体と同じように　心だって飢える
私たちはパンだけじゃなく　薔薇も欲しい

ローズはアイルランドのフォーク歌手みたいに自由自在にコブシを回しながらその歌を歌い終えた。ジェイドたちは一斉に拍手した。近くのブランコで子どもを遊ばせていた中国系の若い女性たちも子どもの背中を押すのをやめて拍手している。

「百年前から、労働者階級の女たちはこの歌を歌って闘ってきたんだよ」

ローズはそう言ってザ・サンクチュアリの母親たちの顔を見回し、最後にジェイドを見て、こう尋ねた。

「あんたは、路上に立って何を訴えたかったの?」

「あたしたちがホステルを追い出されそうになっていることです」

「じゃあ、福祉事務所に行けばいいだろって言われるよ」

「行っても埒が明かないんです。あの人たちはあたしたちや子どもたちのことなんか考えていないから。そのことを訴えたかったんです」

「でも、北部には安い物件があるから、引っ越せば福祉が借りてやるって言われたんでしょ？ じゃあ、おとなしく従えばいいだろ、って思う人たちもいるよね」

ジェイドが沈黙すると、脇からギャビーが言った。

「それこそ、さっきの歌と同じじゃないか。パンさえやって食わしときゃそれでいいってわけじゃないんだよ。あたしたちは薔薇も欲しい」

「どうして？」

試すような目でローズがギャビーを見た。

「どうしてって……。人間だからだろ。あたしら、虫けらみたいにお上の都合であっちこっちに行かされて、いつまでも小突き回されているだけでいいわけがない。生活保護を受けていようが、ホームレスだろうが、あたしらだって人間なんだ」

「そうなんです！」

ジェイドは知らず涙声になっていた。不動産屋や大家に冷たく電話口であしらわれたときのことや、福祉課や住宅課の職員に汚物でも見るような目で嘲笑されたことを思い出していた。

「もちろん住む場所は要ります。国や自治体に何とかしてほしいと思う。でも、本当はそうじゃないんです。本当に言いたいのは、そのことじゃないと思う」

ジェイドは人差し指で涙をぬぐいながら言った。

「あたしたちの声を聞けよって……、あたしらは生きていて、ここに存在しているんだから、あたしらをいないものにするなって……。もうあたしは黙らないからなって、それがあたしの本当に言いたいことなんです」

濡れた目でローズを睨んでいるジェイドを見て、ローズが言った。

「あんた、いい面構えしてるじゃないの。じゃあ、その声を聞かせてやろうじゃないか。あたしも頭数に入れてちょうだい」

そういうわけで、翌週から、ジェイドたちは毎週土曜日の午後に商店街のスーパーマーケットの前に陣を張った。草の根の運動っていうのは、リアルに一つの拠点を持って地道に根を張らなきゃいけない、同じ場所で同じことを根気強くやり続けなきゃ結果は出ないとローズが言ったからだ。だから毎週、同じ場所でジェイドとローズが交代で演説を行い、ザ・サンクチュアリに住む母親たちが道行く人々にビラを渡し、その間に赤ん坊や子どもたちが退屈しないように簡易テーブルを準備し、その上に玩具や絵本を並べて遊ばせた。すると、あっと言う間に往来を歩く子どもたちまでそこに集まって遊び始め、人の流れが止まるポイントになった。それを狙ってやったことではないのだが、ジェイドたちの運動が他と一線を画していたのは、単にスピーチやビラ配りをするだけでなく、子どもたちが集まって遊べる場所を提供していたことだった。

歩道と道路の間の鉄のフェンスには、自分たちのグループの名前を宣伝し、士気を高めるために布製の大きなバナーをかけた。「E15ロージズ」。黄色いバナーにはそう書かれていた。ジエイドたちが「郵便番号E15の薔薇たち（E15ローズ）」と名乗ったのは、ローズが公園で披露した歌の影響だったが、実はローズは、最初「E15マザーズ」と名乗ったらと提案したのだった。「母親」という言葉を入れておいたほうが、万人受けすると考えたからである。

それなのに、どうしても薔薇という言葉を使いたいと提案したのはシンディだった。ネイルアーティストだったシンディはいつも自分の爪に薔薇の花を描いていた。だから、単に自分の好きな花をグループ名に使いたかったのだとメンバーたちの誰もが思っていた。だが、実はこのことには、シンディにしかわからない理由があったのである。

シンディの場合

シンディの母親は、いまのシンディより少し年上のときにフィリピンから英国にやって来た。ずっと年上の英国人と結婚するためだった。その英国人がシンディの父親なのだが、この父親は気に入らないことがあると、母親の所持品を壊したり、服を裂いたりする人だった。そしてそのうち、母親を背後から蹴るようになり、やがて正面から殴るようになった。

そんなことがあると、翌日、父親はきまって大きなピンクの薔薇の花束を買ってきた。「お前は俺の人生で最良のものなんだ」とか「俺が良い人間になれるように助けてほしい」とか言って、母親を抱きしめて泣くのだった。そんなとき、よく母親も泣いていた。だけどあまりにそれが頻繁に起きるようになると、母親はもう泣かなくなり、ある日、シンディと妹を連れて父親のところから逃げた。半年ぐらい母子三人でＤＶ被害者のシェルターに寝泊りし、それから狭い公営団地の一室に住むようになった。

団地の部屋には、父親の家のように窓から日が差し込む広いキッチンはなかった。たくさんの薔薇の花が似合う大きなダイニングテーブルも、花瓶さえなかった。

「もう、お家に薔薇を飾らないの？」

事情を知らない幼い妹が無邪気に言ったとき、母親は少し考えるような表情をしていたが、狭い団地の通路にプランターを置いて自分でミニバラを育て始めた。しばらくして花が開くと、それは以前の家に飾られていた薔薇とは違う色をしていた。

「薔薇は、この色じゃないとね」

赤い小さな花たちを見つめながら誇らしげに微笑んでいた母親の顔を、シンディはいまでも覚えている。

それから何年か経ち、シンディも恋に落ちた。そして彼女を妊娠させた恋人も、一緒に暮らし始めると暴力をふるうようになった。だからシンディも母親のように赤ん坊を連れてＤＶ被害者を受け入れるシェルターに逃げた。どこまでも後を追ってくる男だったから、母親の家には帰れなかったのだ。そしてそのシェルターから、ザ・サンクチュアリの母子用の部屋に空きが出たときに移されてきた。

シンディはホステルの部屋で薔薇は育てなかったが、爪に赤い薔薇の絵を描くようになった。

人間にとって薔薇がどんなものか、シンディはなんとなく知っていた。そしていまの自分にそれが必要であることも知っていたのである。

「パンだけでなく、薔薇もほしい」という歌は、労働者階級の女たちの闘いの歌だとローズは言った。そのことをシンディの母親が知っていたはずはない。だけど彼女が父親から逃げたとき、最初に自分で育てたのも赤い薔薇だった。その偶然は、シンディにとって特別な意味を持っていた。

とは言え、そういう自分の込み入った話はしたくなかったので、シンディはみんなにこう提案した。

「E15マザーズじゃ、なんかセクシーさが足りなくない？　あたしはE15ロージズのほうがいいと思う」

「運動にセクシーさは要らないでしょ。あんた、要するに、自分が好きな花だから言ってるだけでしょ？」

ギャビーは呆れたように眉間に皺を寄せて首を振っていたが、ジェイドはしばらく考えてから言った。

「……「パンと薔薇」か。それ、悪くないかも」

ジェイドの言葉にローズもゆっくりと頷いていた。

「確かに、マザーズだと、母親たち限定って感じでかえって運動の幅を狭めるかもしれないよね。「パンと薔薇」の薔薇なら、反貧困とか反緊縮とか、いろんな運動団体が乗って来やすい」

ローズの言葉通り、毎週スーパーの前で演説やビラ配りやちびっこディスコタイム（これはギャビーの独壇場だった）をやっていると、賛同して協力してくれる団体や個人が少しずつ増えていった。

「E15ロージズ」のバナーの隣に、「反緊縮団体　NO MORE CUT」「エンド・チルドレンズ・ポヴァティUK」などのバナーが掲げられるようになり、こうした団体のメンバーたちもスーパーマーケットの前に来てスピーチを行ったりビラ配りをするようになった。彼らはジェイドたちにホステル退去撤回を求める署名を集めるべきだと提案し、集まった署名を持って区長のところに持っていくように勧めた。

署名運動などしたこともないジェイドたちが躊躇している間に、他の運動団体の人々が率先して署名を集め始めた。ロージズのメンバーたちもそれについていく形で署名を集めるようになったが、当初は半信半疑だったジェイドの意向に反して、あっという間に署名の数は五桁になり、どんどん数は増えていった。

「区役所でさえあんな扱いを受けたのに、区長があたしたちに会ってくれるのかな……」

ジェイドは集まった署名の束が入った封筒を見ながらホステルの部屋で不安そうに言った。役所の窓口で追い返されたときのことを考えれば、区長に嘆願書を渡すなんて荒唐無稽にしか思えなかったからだ。

「大丈夫。後は区役所に乗り込んでいくだけ」

シンディが答えると、封筒を開けて署名用紙の束を取り出したギャビーが叫んだ。

「シンディ！　この落書き、あんたでしょ！　ったくもう……、これじゃふざけてるようにしか見えないじゃん」

「でもプリティでしょ」

ふっくらした唇を尖らせ、ウィンクしながらシンディが答えた。

分厚い束の一番上の紙は、確かに嘆願書と呼ぶにはキュートなビジュアルになっていた。上下左右の余白にびっしり赤い小さな薔薇が描き込まれていたからだ。

「もー、あたしら、区長にバレンタイン・カードを渡すわけじゃないんだからさあ」

そう言って紙の束を握りしめ、頭を抱え込んでいるギャビーの傍らで、シンディは「うふふ」と笑いながら指で長い髪を弄んでいた。彼女は笑っていたが、ちっともふざけてなんかいなかった。その落書きは彼女にとり、この署名が何のためであるかを示す声明文のようなものだったからである。

腹話術の人形、または政治家

区役所の最上階にある会議室からは街の光景を一望することができた。だけど、その大きな窓からは、この地域の小綺麗な部分しか見えていない。

オリンピックの前年に建てられた大きなショッピングセンターが中央に、その周辺には同時期にオープンした新しいホテルや高級フラットのビルが立ち並んでいる。大型の立体駐車場から歩いて行けるようになっている公園がその背後に見えた。サイクリングレーンやスケートボードパークも完備されたその公園は、オリンピック前に整備された川辺の遊歩道にそのまま繋がっている。

すべてが清潔でモダンで、何より裕福そうだった。走っている車までこっち側はポッシュ（上流階級風）だ。でもジェイドたちが住んでいるザ・サンクチュアリのある通りはここからは見えない。まるでこの窓の外の景色から遮断されているようだった。

「お待たせしました」

区長のロビン・ジリアンが会議室に入ってきた。

ソファに腰掛けて待っていたジェイドと地域の自治区評議員が彼の姿を見て立ち上がる。スーツ姿の自治区評議員は、米国のオバマ大統領に似ていることで有名な三十代のダンディな議員だった。ジェイドたちの運動に関心を持った地方紙の記者が紹介してくれて、ジェイドをジリアン区長に会わせてくれることになったのだ。

ザ・サンクチュアリの住人強制退去反対の署名運動はフェイスブックやツイッターで広がっていた。様々な反貧困や反緊縮の運動団体が反応し、拡散してくれたせいで話題になっていたし、ジェイドたちがスーパーの前で行っている抗議活動も地方紙に大きく取り上げられるまでになっていた。

協力してくれている他の運動団体も、いまでは演説やビラ配りだけでなく、自分たちのテーブルやテントを出してリーフレットを置いたり、地域の人たちが古本や中古の玩具を交換したりできるテントもできた。現場はちょっとした野外マーケットの様相を呈してきたので、いつしか「運動屋台(キャンペーンストールズ)」と呼ぶ人たちも出てきた。もはや地元の社会運動のコレクティヴな拠点にさえなりつつある。落ち着いて住める家がない怒りから始まった運動なだけに、デモのような流動的な形ではなく、一つの不動の運動拠点を持ちたいという願望は当初からジェイドたちに強くあった。

運動が広がり、ネットやメディアで注目されるようになると、政治家も無視することができなくなる。ジリアン区長がジェイドに会う気になったのも、そのせいだろう。

「君たちの運動は、知っているよ」

案の定、ジリアン区長はソファに腰掛けるなりそう言った。

「新聞で読まれたのですか？」

ジェイドが尋ねるとジリアンが答えた。

「ああ、そしてネットでも。短期間でずいぶん盛り上がっているようだね」

「はい。いろんな団体や個人の協力があってここまで来ました。複数の新聞やネットメディアが取材をオファーしてくれています。たった二、三カ月でこんなに広がったことに、正直、自分たちもびっくりしてます」

チャコールグレーのスーツに薄いグレーのシャツを着て、淡いグレーに濃いグレーの縞が入ったネクタイをした灰色づくしのジリアンは、腹話術の人形みたいに口の両端を極端に高く上げ、ジェイドの話を聞いていた。

「今日は、これをお渡しするために来ました」

ジェイドは街頭で集めた署名と、ネットで集めた署名を印刷したものを一つにまとめた紙の束を茶封筒から出し、ジリアンの前に差し出した。

「僕はこれを受け取るわけにはいかないよ」

「え？」

ジェイドは驚いて区長の顔を見た。彼は相変わらず腹話術の人形みたいな表情をしている。

「君たちがこれを渡さなければならないのは、僕ではなく、住宅協会だ。君たちに退去要求をしているのは彼らなんだからね」

「でも、それは区が住宅協会への補助金を打ち切るからですよね」

「……区と住宅協会は別の組織だということを君は知っているかい？」

「もちろん知っています」

「言うまでもないことだが、別の組織は財布も別なんだよ。だから、補助金がカットされたからと言って、それをどう埋め合わせするか、どうやりくりするかを決めるのは住宅協会自身だ。君たちのホステルを運営しているのは彼らなのだから、こういう書類は彼らに渡さないと意味がない」

「でも、ザ・サンクチュアリはこの区の中にある施設です。だから区長であるあなたが、ホームレスの住人たちを強制退去させないよう住宅協会に要請してもらえませんか？　彼らは区の補助金で運営しているのだから、あなたの言うことを無視できないはずです」

ジリアン区長はソファにふんぞり返り、これだからバカは困る、と言わんばかりの調子で、ふっと鼻息を漏らした。

「住宅協会は非営利の民間組織だ。区の一部ではない。低所得者のための住宅を提供しているから、区と繋がっていると思う人も多いし、区の管轄にあると考える人もいるが、あくまでも別組織だから、僕たちは無関係だ」

ジリアン区長は、ジェイドが子どもの頃に首相だったトニー・ブレアという人と雰囲気がよく似ていた。口元は腹話術の人形みたいに緩んでいるのに、目が全然笑ってないところまでそっくりだ。

「僕たちは正直、迷惑している。まるで区が悪いことをしているような印象を君たちが人々に与えているからね。本当はそうではないのに。この問題に区を巻き込もうとするのは見当ちがいだよ。よく考えてから行動してほしい」

ジリアンはまるで物を知らない子どもを叱る大人のような口調でそう言った。ジェイドが助けを求めるように脇を見ると、オバマ大統領似の評議員も困った顔をして目を逸らしている。受け取ってもらうことすら叶わない署名の束が、高そうな大理石のティーテーブルに所在なく載っていた。

やっぱり、ストリートで運動している自分たちが、こんなところでお偉いさんに助けを求めるのは間違いだったのではないか、とジェイドは思った。

労働党は庶民の味方じゃないのかよ

「だけどこの区は、区長も自治評議員も労働党だよね。労働党の強い、つまり左派が多いはずの区なのに、そこを拠点にする政治家が君たちを支援してくれないのかい？」

「そうなんです。住宅協会と区が責任をなすりつけ合って、誰もまともに取り合ってくれない」

いつもの「運動屋台」が出た週末のスーパーの前の歩道で、ジェイドとギャビーはインタビューを受けていた。カメラの反対側から質問をしながら二人を撮影しているのは、レイシズムや貧困問題に関するビデオを自分で撮影し、YouTube に投稿しているアフリカ系の運動家だった。区役所から戻ってきたジェイドがジリアン区長の反応をメンバーたちに話すと、ローズが古い運動仲間だというこの男性に連絡を取り、「カメラの前で洗いざらいぶちまけてやれ」と提案したのだった。

「それでジリアン区長は、補助金削減については何と言ったのですか？」

カメラの向こう側から発せられた質問にジェイドは答えた。

「政府から自治体への拠出金が大幅に減らされているから、区も予算を減らさなければいけないので、区が悪いわけではないと言ってました。どちらかと言えば、区も緊縮財政の被害者なんだそうです」

「だけど、それならなぜ区は福祉関連の予算から先に減らしていくんでしょうね」

「それも聞きました。でも、苦しんでいるのはあなたたちだけじゃないんだよと言われました。いまはみんな等しく苦しい時代なんだからと」

「つまり、労働党の区長が、庶民はみんな被害をこうむっているから緊縮財政はつらく苦しい点で平等な政策だ、我慢しろ、と言っているわけですね」

脇からギャビーが言った。

「区長だけじゃないよ。あの評議員もそう考えているんだと思う。区長に会わせてくれるって言うから話がわかる人かと思ったら、新聞やネットがうるさいから仕方なくやったって感じで、何の熱意も感じられないし、そもそも自分の意見ってものを言わない」

「つまり、区長のいいなりになっている？」

「まさにそう。区長の前でジェイドを助けなかったって聞いて、あの評議員のところにみんなで抗議に行ったんだ。そしたら、あまりに素っ頓狂なことを言うから腰が抜けそうになった。こんなことを言いやがったんだよ。『あなたたちにできることは二つしかない。一つ目は家を買うことだ』って」

「家を買うこと？」

「ホームレスがいったいどうやって家を買うんだ？　で、こう続けやがった。『二つ目は、公営住宅の空き待ちのリストに名前を連ねること』。つまり、空きを待っている間は赤ん坊と一緒に路頭に迷っとけってことだろ」

ギャビーよりも長い、背中まで伸びたドレッドヘアをゆさゆさ揺らしながら、運動家は構えていたカメラを下におろし、呆れ果てた顔つきで言った。

「彼らは、君たちのことをものすごくバカにしていい加減なことを言っているか、自分たちがものすごいバカかのどちらかだね」

ギャビーが吐き捨てるように答えた。

「前者だろ」

「いや、僕は意外と後者だと思うね。だいたい、貧困や住宅の問題に冷淡な左派って、どういう左派なんだ？　彼らは何のために労働党に入ったんだろう？」

「出世して偉い人になるためだろ」

ギャビーが首をすくめる。

「あたしらみたいなホームレスの味方をしたって、出世の役には立たないからね。バカどころか、賢い判断なんじゃないの？　無職のシングルマザーはそれでなくても社会に嫌われてるから」

ぎゅっと唇をかんでそれを聞いていた運動家は何かを考え込んでいるようだったが、ふと思いついたように言った。

「……来週の日曜に、この区で労働党主催のファミリー・デーというイベントがある。みんなで行ってみないか？」

「ファミリー・デー？」

「うん。フェイスペインティングやゲームや人形劇の屋台がたくさん出るから、子どもたちも楽しめるし、君たちはそこで運動をしたらいい。僕はその一部始終をカメラに収めるよ。こんな体たらくになった労働党のお歴々に一石を投じてやろう」

その日の朝、E15ロージズのメンバーたちは子どもたちをバギーに乗せて集合し、市バスに乗って「ファミリー・デー」会場の公園に着いた。すでにアイスクリームやホットドッグを売るバンや、ミニボウリングやインスタントタトゥーなどの様々なテントに子どもたちが集まっていて、大人たちは会食エリアで紅茶やビールを飲みながら談笑していた。

どこまでも澄んだ青空の下、カラフルな風船やフラッグガーランドがひらひら揺れている。その平和な光景の真ん中に立ったジェイドは、ふうと息を吐き、マイクで朗々と喋り始めた。

「あたしたちはホームレスのシングルマザーです。ザ・サンクチュアリという若いホームレス専用のホステルで暮らしています。でも、八月に退去通知を受け取りました。退去の期日は十日後に迫っています。でもあたしたちには行く場所がありません……」

労働党のバッジをつけたチェックのシャツの男性がさっと走り寄ってきた。芝の上に置かれているマイクのスピーカーに手をかけようとしている。小さな箱のようなそのスピーカーのほうにギャビーが突進して行って取り上げた。男性はあきらめずにギャビーの手からスピーカーを奪おうとしている。

「君たちは誰の許可があってこんなことをやっているんだ」

チェックのシャツの労働党員は、今度は演説しているジェイドのほうにやって来て、そう叫んだ。

「公園は公共の場です。何を訴えようと市民の自由です」とジェイドがマイクで答える。

「だが、これは労働党主催のイベントだ」

「労働党主催のファミリー・デーですよね。家族のための日ということでしょう。ホステルから追い出されそうになっているホームレスの家族たちがいることを知ってもらうのに、これほど相応しいイベントはないでしょう」

ギャビーのほうにさらに二人の労働党員が近づいて行った。ギャビーがスピーカーを持って男たちから逃げ回っているので、きーいいいん、ひいーーん、とハウリングを起こしながら、ジェイドの声が切れ切れに会場に響き渡る。

会場のあちこちから人々が騒動に注目し始めていた。

やがて、物凄い勢いで白シャツに赤いネクタイをした中年男性が騒動の輪に走り寄った。ジリアン区長だ。リベリーカラーという、区長が公式の場で身に着けるゴールドの鎖と紋章を首から下げている。ネクタイと同じぐらい真っ赤な顔をして現れたジリアン区長は、騒動を傍観している労働党員たちに激怒した様子で両手を上げたり下げたりして何か叫んでいた。

「ジリアン区長！」

ジェイドはマイクを握ったままジリアン区長のほうに近づいて行った。スピーカーを抱えたギャビーもジェイドについて移動し、彼女からスピーカーを取り上げようとしている男たちもそれに続く。十数台のバギーと母親たちもその後を追ってぞろぞろと進んだ。

「先日、区役所でお会いしたとき、あなたはあたしたちが集めた署名を受け取ろうとなさいませんでした。だけど、あの嘆願書は、今回の問題は区の責任でもあると信じた区民によって署名されたものです。住民の訴えはあなたにとって聞く必要のないものですか？」

きいぃー、ひぃぃぃーんと、ハウリングの音が鳴る。

「公僕であるあなたが、自分が奉仕すべき人々の声を聞くことを拒否してもいいのですか？」

「何を言っているんだ、君は！」

ジェイドが区長のすぐ近くに立ったせいで、マイクが彼の怒鳴り声を拾った。区長はハッとした顔になり、チェックのシャツの男性に何か言い残して逃げるように去って行った。

「先日、お会いしたときに、これは区の問題ではないと区長はお伝えしたはずです。住宅協会のほうに行ってくださいと。それなのにこんなところに押しかけてきて騒ぎを起こして、これは単なる八つ当たりだ」

区長を代弁するかのようにチェックのシャツの男が言った。

「ブルシット（嘘っぱちだ）！」

スピーカーを抱きしめて立っているギャビーがそう叫ぶと、煽られたようにチェックのシャツの男も声を荒らげた。

「速やかにここから出て行きなさい！　ここは**ふつうの家族**が休日を楽しむ場所なんだから」

ジェイドはぎゅっとマイクを握りしめて、チェックのシャツの男が言った言葉を繰り返した。

「**ふつうの家族**？　あたしたちだって住む家を失おうとしている**ふつうの家族**ですよ」

スピーカーの回りにバギーを並べてバリケードをつくっていた母親たちが一斉にチェックのシャツの男を睨みつけている。

「何をもってあたしたちはふつうじゃないというのですか？」

怒りに震えるジェイドの声が公園の中に響き渡った。人々は黙ってジェイドのほうを見ている。

労働党員の一人が落とした薔薇の形のバッジを拾いながら、シンディが言った。

「ひょっとして労働党のシンボルって赤い薔薇だったの？　やめてほしい。あの人たちの薔薇はもう枯れてるわ」

去る者、残る者

シンディがぼそっと呟くシーンで終わる動画がネット公開されると、瞬く間に拡散されて炎上した。ロンドンだけでなく、全国の貧困者支援団体や反緊縮運動団体がツイッターやフェイスブックで紹介し、著名な作家やミュージシャンがリツイートし始め、再生回数は一日で五万に達した。「**ふつうの家族**」という言葉がトレンド入りしていた時間帯もあったほどだ。

Ｅ15ロージズに興味を持つ人々が急増し、ジェイドのメールアドレスにはメディアからの問い合わせや一般の人々からのメールが殺到した。

だが、その中に混じって「退去日まであと一週間」という住宅協会からの事務的なリマインドメールも届いていた。

「どうする？」

「居座るしかないじゃん。あたしら行き場ないんだから」

とギャビーは強気だった。『シン・シティ』のブルース・ウィリスみたいにストイックな表情で、ローズも若い母親たちに檄を飛ばした。

「大手を振って居座ってやんな。やれるもんならやってみなっていうぐらいのふてぶてしさでじっとしていればいい。これだけ応援団体がいてメディアも注目してるんだから、敵も強引なことはできない。万が一、敵が強気に出てきたら、そのときは徹底抗戦だ」

こうしてザ・サンクチュアリの母親たちは居残り作戦を決め込むことになったが、その一方で運動から抜けていく母親たちもいた。その一人が、ギャビーの隣の部屋に住んでいた十代の母親だった。同じようにブラック・コミュニティで育ったギャビーと彼女は、料理を作って分け合ったり、子どもの面倒を見合ったりして親しくつきあってきた。そんな彼女が退去日の前に出て行くと決めたときには、ギャビーは激怒して猛反対した。

「出て行くったって、どこに行くのよ？」

「同じ施設で育った子のところにしばらくお世話になる」

「しばらくっつったって、永久にいるわけにもいかないでしょう。その後はどうするの？」

自分の部屋で引っ越しの準備をしていた隣人に、ギャビーは尋ねた。

「わからない。わからないけど、なんとかなると思う」

相手が振り向きもせず、衣類をスーツケースに収めながら言うので、ギャビーは声を荒らげた。

「まさかあんた、父親のところに行こうとしてるんじゃないでしょうね。ドラッグにまみれた世界で自分の子どもを育てたくないって言ってたくせに」

「行かない。あの人のところには」

きつい口調でそう言った隣人は、きっとした目でギャビーを睨んだ。

「だけど、もしあの人のところに行ったとしても、ここにいるよりましでしょ。いつか追い出されるとわかってるのにただ居座ったって、何の解決にもならないよ。自分の住むとこは自分で探さないとどうにもならない」

「闘わないのかよ？　あんたは、闘わないで諦めるの？」

「闘うって、それ何のため？　あたしの優先課題は屋根のある家で子どもと一緒に暮らすこと。ここを追い出されたらあたしたちどうなるの？　みんなで路上に出るの？」

「そんなことにはならないって。運動が注目されるようになっているから、やつらはそう簡単にあたしたちを追い出せない」

十九歳というより二十九歳ぐらいに見える隣人は、ふうとため息をついて、憐れみにも似た眼差しでギャビーを見た。

「そんな風に楽天的になれる間はいいけど、どっちみち出て行かないといけないんだから、問題を先延ばししてるだけでしょ。あんたも自分のことを考えたほうがいいよ。運動とかやったって、どうせ現実的には何も手に入らない。区長を怒らせたって、住宅協会に抵抗したって、住む場所が見つかるわけじゃないもん」

ギャビーは口ごもった。

彼女の言うことにも一理あるような気がしたからだ。

「だけど、……住む家が見つからなくても、見つからなかったとしても、あたしは闘うべきだと思うよ」

「なんで？」

「だって、誰かが何かを始めないと、誰かが闘わないと、何も変わらないだろ。いつまでたっても同じことの繰り返しで、何も変わらない。それでいいわけがないだろ」

はあ？　みたいな表情で隣人はそれを聞き、ふっと鼻から息を出して苦笑しながら首を振った。

「あたしたちみたいな育ちの人間が、どうやったらそんな理想に燃える大学生みたいなドリーマーになれるのか、不思議でしょうがない……悪いけど、あたしは抜けたから」

隣人はそう言って再び下を向き、スーツケースの中に衣類や玩具を詰め続けた。

少しの揺らぎもない隣人の態度に気圧（けお）されるように、ギャビーは無言で自分の部屋に戻った。

赤ん坊は折り畳みのベビーベッドの中でまだスヤスヤ眠っていた。下の部屋の住人が大音量で音楽を聴いている。ダフト・パンクとファレル・ウィリアムズの『ゲット・ラッキー』だ。まったく状況にそぐわない陽気でダンサブルな曲を聴きながら、ギャビーは膝を抱えて天井を見上げていた。白い天井にカビの黒い染みが広がっている。

ギャビーは生まれつき「ラッキー」ではなかった。だから、この部屋に辿り着くまで、様々な場所を転々とした。

ギャビーも隣の部屋の子と同じように、ドラッグの問題を抱えた親のもとで育ち、子どもの頃にソーシャルワーカーに保護された。里親のところに預けられてからはさらに地獄だった。毎年のようにあっちの家、こっちの家と移動させられて、しまいにはスーツケースから服を出してクローゼットに入れるのをやめたぐらいだった。嫌な里親にはなつけなかったし、向こうもこっちを嫌っていたから追い出される理由はわかった。だが、やさしい里親のところからも移動させられるのはつらかった。うまくいっていると感じていたのはこっちだけで、やさしくしてくれた大人も実は自分を嫌いだったのかと思うと自己肯定感をぺしゃんこにされた。後から知ったことには、懐の深い里親のところには、障碍を持った子どもとか、英語を喋れない移民の子どもとかが優先的に預けられるそうで、ギャビーのように体も丈夫で英国生まれの子どもは良い里親のところには長居できないシステムになっているらしい。

つまり、昔からギャビーは、お上の都合であっちにこっちに移動させられてきたのだ。里親の家から独立できる年齢になるとすぐに年上の男と暮らし始めたのも、定住できる家がほしかったからだった。だけど男も里親と同じぐらい定住を約束するものではなかった。やさしい男だと思っていたのに数カ月も一緒にいるとだんだん本性が出てきて、パブで働きながら副業でドラッグを売っている男だったこともわかった。そのうちギャビーも手伝えと言われて、嫌だと言うと怒鳴られるので何度かブツを客に届けたことがあった。

ジャンキーみたいな若い客に駐車場でドラッグを渡したとき、車に引きずり込まれて暴行された。何もかも終わったとき「お前も込みで買ったんだ」と言われ、ギャビーはもう年上の男の家に帰らなかった。そのまま女友達の家に転がり込んだが、ちょっとしたことで喧嘩してそこにもいられなくなり、前から知っていた男や知らない男の部屋を転々としているうちに妊娠していることがわかった。

事実を認めることを拒否して遊びまわっているうちに時間だけが流れた。堕胎するしかないと思っていたのに、お腹の中で子どもが動き始めるとせつなくなった。合法的に中絶できない月数になっても堕胎できるというクリニックを教わって行ってみたが、自分の名前を呼ばれる前に逃げるように出てきた。

頼れる大人は子どもの頃に世話になったソーシャルワーカーだけだった。もう定年間近のおばさんがすべてを手配してくれた。出産にも付き添ってくれて、若いホームレス用のホステルに住めるようにしてくれた。ここに住んで一年半になる。十二歳で福祉に保護されてから、どこか一カ所にこんなに長く住んだことはない。それなのに、ここもまた退去しろと言われているのだ。

いつもなら、また一人で暗い夜の街に出て行くところだ。でも、今回は違う。ギャビーには一緒に闘う仲間たちがいるからだ。

この仲間たちがあたしの家かもしれない、とギャビーは思った。家も家族もなかったあたしに、仲間たちができたのだ。

隣室のドアが開いてバタンと閉じる音が聞こえた。

あの子は暗い夜の街に出て行くことを選んだ。あたしは……、とギャビーは自問した。あたしは、この家に留まる。

窓の外から見える暗い空には、いつになく大きな月が白く輝いていた。

次はボリス・ジョンソンだ

ザ・サンクチュアリの母親たちの居座り戦略はそれなりに功を奏していた。

小さな子どもがいる女性たちを無理やりに追い出すことは、いくら住宅協会でもできないらしい。退去期日を過ぎたことを知らせる手紙やメールは届き続けたが、追い出しに来る職員もいなかったし、怖い顔のおっさんたちが来て勝手に部屋から荷物を出されるようなこともなかった。

そもそも、住宅協会の歴史を振り返れば、十九世紀後半に出現したギネス・トラストやピーボディ・トラストなどのホームレスや貧困層の人々に住宅を提供する慈善団体がその走りである。こうした非営利の住宅提供団体が一九三〇年代には住宅協会と呼ばれるようになり、一九八〇年代にはサッチャーの公営住宅払い下げ政策の一端を担うようになる。国や地方自治体が公営住宅を所有することは、管理費やメンテナンス費がかさむので財政的負担になると判断したサッチャーは、公営住宅を手放す政策を始めたのだ。

以降、地方自治体ではなく、住宅協会がおもに低所得者向けの集合住宅を建設・管理することになり、その資金として自治体から補助金を受け取るようになった。これはサッチャー政権の「小さな政府」政策の一環だった。行政ではなく民間に貧困層向けの住宅を提供させ、管理・運営もさせるのだ。所謂、公営住宅の「民営化」というやつである。

こうして各地の住宅協会は公営住宅の建て替えなど、荒廃した地域の再生事業も行うようになった。ザ・サンクチュアリがある郵便番号E15の地域は、テムズ東部住宅協会という団体の管轄だった。この団体は、ロンドン・オリンピックを契機とした地域の再開発の一端を担っている。ホームレス用シェルターがいまだこの地域に存在していることは、この地域をお洒落な街にしてミドルクラス層を呼び込みたい再開発計画の側の人々にとっては、好ましくないことだろう。

と、このような講義をジェイドたちに授けてくれたのは、ローズが連れてきた小柄な大学教員だった。パキスタン系のその女性は、長い黒髪をおさげにして、前髪を眉毛の上で短く切りそろえ、顔の半分はありそうな丸い黒縁の眼鏡をかけていた。ジミ・ヘンドリックスのTシャツの上に別珍のブレザーを着て、ストレートジーンズを穿いたその姿は、どこか少年のようにも見える。ナイラという名前のその女性はローズの昔の運動仲間だそうで、大学で福祉を教えているらしい。

「じゃあ、要するに住宅協会と区はグルってこと？　だって、一緒にこの地区の再開発を進めてるんだろ？」

ザ・サンクチュアリの子どもプレイルームに集まった母親たちの最前列から、ギャビーがそう言った。すべり台と室内用ジャングルジムを一時撤去し、ホワイトボードを置いて講義を行っているナイラの前には、折り畳みの椅子に座った母親たちがずらりと並んでいる。

「責任をなすりつけ合ってるようで、実は裏で繋がってるってことだよね？」

ナイラは指で重そうな眼鏡を押し上げながらギャビーの問いに答えた。

「責任をなすりつけ合っているのは、彼らの戦略だと思う。このままではたぶん埒が明かないから、いっそロンドンのトップに署名を渡しにいく手はある。この再開発はロンドン・オリンピックがきっかけだったんだから」

「ロンドンのトップって？　もしかして……、ロンドン市長？」

ギャビーが言うと、ナイラが頷いた。

「え。ボリス・ジョンソンに直に訴えるの？」

驚いてジェイドも声を上げる。

「あなたたちの運動はいますごい注目を集めているから、市長に訴えに行く行為そのものを話題にしたらいい。メディアに声をかけて取材に来てもらうのよ。ジョンソン市長なら報道してくれるところが絶対あるし、たとえ彼が会ってくれなかったとしても……」

ナイラはそう言って、前列の一番端に座っているローズを見た。

「たとえばバスを一台借り切って、子どもたちも連れてピクニックみたいに大騒ぎしながら市庁舎に押し掛けるとか、ユーモラスで絵になる話題を提供するのよ。ほら、結婚式やパーティ用に借りられる古いダブルデッカーバスがあるじゃない」

「でも、そんなバスを借りられるようなお金、あたしたちにはありません」

ジェイドが言うと、ナイラが微笑みながら答えた。

「大丈夫。あてがないのに提案しているわけじゃないから。あたしとローズの知り合いがそういうバスを貸す会社をやっているの。無料か、そうでなくとも大幅ディスカウントになると思う。その人も、こういう運動が大好きなのよ」

意味ありげな眼差しでナイラがローズのほうをちらりと見ると、ローズは強ばった表情でナイラのほうを睨んでいた。

「あんなこと言ってあの子たちを乗り気にさせて、……もう後には引けないじゃない。あんたがあの人に連絡するの？　それとも、ひょっとして、あたし？」

集まっていた母親たちが上階の自室に帰った後で、ローズはナイラに尋ねた。ナイラは微笑しながら無言でポケットからスマホを取り出し、ローズに差し出す。

「まだ、同じ場所で商売やってるの、あの人？」

「うん。ミニキャブのほうは最近は Uber に押されてて、大変らしいけどね。逆にダブルデッカーバスのレンタル業のほうが、波もなくて安定してるって言ってたよ」

レイトンストーンにあるミニキャブ会社を経営しているロブは、ローズとナイラのむかしの運動仲間だった。真っ黒なニット帽に真っ黒なバンダナを口元に巻き、ぎらぎらした目元だけが見えるニンジャのような黒ずくめの姿は、何をするかわからない狂気じみた迫力があって一目置かれていたものだった。

何を隠そう、そんなロブとローズはしばらくつきあっていた仲だった。元サッカー選手の俳優、ヴィニー・ジョーンズを髣髴とさせるルックスのロブと、ブルース・ウィリス似のローズ。長身の恋人たちが並んでいる姿は、アクション映画のワンシーンのようで、運動界隈では泣く子も黙るコワモテカップルとして知られていた。

「だけど、そんな大事なビジネスの柱になってるバスを、タダで使わせてくれたりするかな」

「あんたの頼みを彼が断わるわけないでしょ」

ナイラがウィンクして言うと、ローズはしかたなくスマホを受け取った。そして「ロブ」と表示された番号を指で押し、眉間に皺を寄せて端末を耳にあてた。

十一月の英国は毎日どんより曇って陰気きわまりなく、朝なんてどうかすると霧だらけで五十メートル先もよく見えなかったりするが、この日はなぜか快晴の天気に恵まれた。

「めっちゃ祝福されてる感じ。神様ありがとう」

フィリピン出身の母親にカトリックの洗礼を受けさせられたシンディは、ダブルデッカーバスの二階で十字を切って神に感謝している。

十六名の母親たちとその子どもたち、七名の運動協力者たち、そしてメディア二社からの取材記者とカメラマンを乗せたバスは、タワーブリッジの近くにあるテムズ川岸のシティ・ホール（大ロンドン庁本部）に向かって走り出した。屋根のない旧式のダブルデッカーバスの二階からは、シンディがびっしり赤い薔薇を描き込んだE15ロージズのバナーや、反緊縮団体やホームレス支援団体のスローガン入り垂れ幕が四方からぶら下がっている。

「空き家だらけの公営住宅に人間を住まわせろ！」

「地域から貧困層を排除するな」

二階の窓際に座っているジェイドがメガホンを握り、大人も子どもも一斉にそうしたスローガンを大声で叫んだ。メディアが運動を取り上げてくれたせいで、歩道からバスに向かって手を振る人々もいる。子どもたちは嬉しそうに手を振り返し、きゃっきゃっと喜んでいたが、興奮と乗り物酔いで吐く子も出てきて、子ども引率係のギャビーが忙しく対応に追われていた。

テムズ川が近づくにつれ、歩道を歩く人の数が増えてきた。観光客風の人々が、にぎやかなダブルデッカーバスのほうを見上げている。バスの二階の最後部のシートに座っていたローズが、ジェイドのほうを見て、ストップと言うように両手を挙げた。ジェイドがそれを見て唇に指をあてみんなに沈黙の合図をすると、ローズの歌声が後部から響いてきた。聞き覚えのある歌は『Our House』だった。ロンドン五輪の閉会式で、中年になったマッドネスのメンバーたちが出て来て演奏していたやつだ。有名な曲だから、サビの部分はみんな知っている。

「あたしたちの家、ストリートの途中にある」「あたしたちの家、ストリートの途中にある」と、大人も子どもも一緒に体を揺らしながら歌った。バスの一階では、運転手のふくよかなおっさんも頰をぷるぷる震わせながらノリノリで歌っている。

約束の時間にシティ・ホールの前に到着すると、ロンドン市長のボリス・ジョンソンは緊急の用事が入って来られなくなったという。彼の代わりに指定したテムズ川岸の場所に現れたのは、スーツ姿の若い秘書の男性だった。それでも一応、この秘書が署名の束を受け取ってくれることになった。ジェイドたちが彼と対面したのは背景にタワーブリッジが写るフォトジェニックな位置で、それは取材に来たメディアが希望した場所だった。

「これは私たちの運動に賛同した人々の署名が入った嘆願書です。私たちはホームレス専用ホステル、ザ・サンクチュアリの住人の強制退去に反対し、ロンドン市長の支援を求めます」

ジェイドがそう言って秘書の若い男性に署名と嘆願書を渡すと、

「確かに拝受しました。必ずジョンソン市長にお渡しいたします」

と彼は言い、両手でしっかりとそれを受け取った。取材陣のカメラを意識した、爽やかで丁寧な対応だった。ジリアン区長とはえらい違いだ。

「さすが大物だよ」

とローズはジェイドに囁いた。

「ワルにも大物と小物がいて、大物はきっちり脇を固めてくる」

取材陣がカメラを構えているので、テムズ川岸の遊歩道をそぞろ歩いていた観光客も、なんだ、なんだと立ち止まり、ジェイドたちの周りにはいつの間にか人垣ができていた。ジョンソン市長の秘書が署名の束を握って市庁舎の中に戻っていくと、ジェイドはそこで演説を行い、みんなで再び『Our House』を歌った。有名な曲なので観光客たちも「ロンドンっぽい」と思ったのか一緒に歌い始め、いつの間にかテムズ川のそばにマッドネスの大合唱が響いていた。

「今日はどうもありがとう。まさか、社長自ら運転してくれるなんてね」

川岸のコンクリート塀にもたれ、人垣から離れたところでぽつんとタバコを吸っているロブを見つけて、ローズが話しかけた。

「あの子たちの運動は、新聞で見て知ってたからね。まさか、あんたやナイラが関わってるとは思わなかったが」

時おり見せる目つきの鋭さだけは昔と変わらなかった。でも、すっかりふくよかな体つきになったロブは、目じりにたくさん笑い皺が寄る、人の好さそうな中小企業の社長の顔になっている。ビビりあがるほどシャープでヤバい雰囲気を漂わせていた若き日のロブは、もうここにはいなかった。だが、昔の恋人のたるみきった姿を見るのもそう悪くない。ローズはそう思いながら彼の横顔を見ていた。

「あんたは、相変わらずカッコいいね。ずっと運動に関わってたのかい？」

目を細めて眩しそうにローズを見ながらロブが言った。

「いや、そういうわけでも。……あの子たちとは路上で偶然に出会って、久しぶりにいい面構(つらがま)えを見たと思ってね、それで一緒にやってる。もう二度と、こんなことをするつもりはなかったんだけど」

「そうかい」

ロブはそう言い、タバコをコンクリートの塀に押し当てて消し、ライターのような形をした携帯灰皿に吸い殻を入れた。

吸い殻だろうがビールの空き缶だろうが火炎瓶だろうが、躊躇せずに投げまくっていた時代はもう遥か昔になった。あの過激なロブも、こうして責任ある市民になったのだ。

「この運動はいい。五輪からこっち、ロンドン東部は資本家に買い占められ、人間の住む街じゃなくなっていた。誰かがこういう運動を始めなきゃ嘘だと思っていた」

「うん」

「ああいう子連れの、どこにでもいるような若者たちが始めたのがいい。どこかの団体や政党に使われるのじゃなく、自分たちでやっている。それが最高だ」

「あたしもそう思う」

「……これからも、俺にできることがあれば、何でも言ってくれ」

と言ってロブは微笑した。

「俺はもう、半分リタイアしているようなもんだからね」

くるっと背中を向けて駐車場に向かって歩き始めたロブの後ろ姿は、もう昔の細長いシルエットではなく、テディベアのような丸みを帯びていた。ローズはその後ろ姿を見つめながら、流れた時間の長さと重みをしみじみと味わっていた。

占拠のプラクティス

ロンドン市長に嘆願書を渡しても、やっぱり事態は変わらなかった。

相変わらず、ザ・サンクチュアリの住人たちには退去通知が届き、みんなでそれを無視して居座り、クリスマスが来て、新年になった。

ある一月の寒い日のことだった。いつものようにザ・サンクチュアリの子どもプレイルームに座っていたジェイドに、二人の母親たちが話しかけてきた。

「あたしたちの大家って、セレブが住むような高級マンションも扱ってるって知ってた?」

「え?」

「今日ね、あたしたち、街で大家のショールームを見つけたんだ。あんなすごい物件まで住宅協会が扱ってるなんて知らなかった」

二人は偶然にショールームを見つけた経緯について話し始めた。いつものようにバギーを押して散歩していると、いかにも高級そうな高層マンションのガラス張りの玄関の自動ドアが開き、風船やパーティーバッグを持った幼児たちが、母親たちに手を引かれて一斉に出て来たという。子どものバースデーパーティーの帰りであることは明らかだ。

「バースデーパーティーなんて、あたしたちは開いてやれないよね」

そう言って二人がバギーを押しながら高級フラットの前を通り過ぎようとすると、駐車場の入り口に立て看板が立っているのが見えた。「テムズ東部住宅協会　ショールームはこちら」と書かれている。すぐ近くにあるらしいショールームへの地図もあった。

二人の母親たちは目を見合わせた。「テムズ東部住宅協会」というのは、彼女たちに退去通知を送り続けてきている「大家」の名前だったからだ。こんなゴージャスなマンションも「大家」の物件だったのかと驚いた彼女たちは、そのまま地図に描かれていたショールームに行ってみた。それは二階建ての建物で、ガラスの扉の向こう側の受付に金髪の女性が座っているのが見える。建物の脇に回ると、一階の大きな窓からショールームの中を見渡すことができた。

「ものすごく広いキッチンで、いろいろ最先端の器具がついていて、いま流行りのオープンスペースっていうの？　ああいうデザインになってた」

「映画とか雑誌とかでしか、あんな部屋見たこともない」

二人の母親たちからの報告を聞いたジェイドは、驚いて言った。

「だけど、住宅協会は庶民のために手頃な住宅を提供する組織なんじゃないの？」

ジェイドは、オリンピックの前からこのあたりに立ち始めた高級フラットはすべて民間の不動産会社が建てたものだとばかり思っていた。住宅協会も民間の組織だとはいえ、彼らは区の下請けのような立場で低所得層向けの住宅を提供することを主な業務にしているはずだ。それに、ナイラが講義してくれた住宅協会の歴史や組織の成り立ちを考えれば、セレブ向けの高級マンションだのショールームだのというのは、なんかおかしいのではないか。

ジェイドは唇を一文字に結んで、室内用ジャングルジムを上ったり降りたりしている幼児たちを見ていた。室内用は、大きなジャングルジムと違って、三人以上で遊ぶと倒れる危険性があるので、ギャビーが脇に立って子どもたちを順番に並ばせている。

「あんな大きな部屋で自分の子どものパーティーができたら最高だろうね」

住宅協会のショールームを見てきた若い母親の一人がそう言った。彼女たちはまだ十代だ。映画スターの家でも見てきたような遠い目で、自分たちが見てきた部屋を思い出している。

「やってやればいいじゃん、バースデーパーティーを」

ジャングルジムから降りられなくなった幼児を抱き上げながらギャビーが言った。

「ここの子どもたちの合同バースデーパーティーをやろうよ。そんだけ広いなら、みんなの分、一緒にできるだろ」

「どうやって？」

ジェイドが怪訝そうな顔で聞く。

「ショールームってことは、そこ、誰も住んでないんだろ？」

「うん」

「じゃあ、使わせてもらったらいい」

「そんなの許してくれるわけないじゃない」

「許してもらう必要ないだろ」

「え？」

ギャビーは両目を悪戯（いたずら）っぽくきらきらさせながらにかっと笑った。

「勝手に使っちゃえばいいんだよ」


ホームレス用ホステルの母親たち　ショールームを占拠

一月二十三日午後二時半頃、十数名の母親たちがバギーを押して住宅協会のショールームに正面玄関から侵入。受付の女性を無視して内部に入り込み、食料をテーブルの上に広げて突然パーティーを始めた。受付の女性は警備会社に連絡したが、警備員が到着した時には十数名の母親たちがバギーを盾に玄関でバリケードを築き、警備員の顔の前でパーティークラッカーを鳴らすなどして抵抗した。その後、警備員がショールームに突入すると、水鉄砲で武装した一部の子どもたちの襲撃を受け、ケーキを投げられるなどして退散を余儀なくされた。
警備員はショールームを運営するテムズ東部住宅協会本部に連絡を入れ、同団体の職員たちも占拠現場に到着。母親たちに退去を要請したが、母子たちは座り込んで動かず、約二時間後に「パーティーは終わった」と宣言し、後片付けをして帰って行った。彼女たちはテムズ東部住宅協会が管理するホームレス専用ホステル、ザ・サンクチュアリの住人だと名乗り、同ホステルからの強制退去に反対する運動を展開しているという。今回の占拠の目的について「子どもたちのバースデーパーティーを開きたかった」と話している。

ローズは自宅のキッチンで笑いながら地方紙の三面に掲載された記事を読んでいた。色とりどりのパーティー用三角帽を被ったジェイドたちの写真が使われているのも間抜けな感じでいい。

孫たちの世話をしなければいけない日だったので、ローズはショールームの占拠運動には参加できなかったが、ジェイドやギャビーたちだけで首尾よくやったらしい。運動に賛同してくれている地方紙の記者も絶妙な記事を書いてくれた。

占拠……。

それはローズたちの世代の運動家たちにとっては懐かしい言葉だった。昔は運動の手法としてよく使われていたからだ。英国では二〇一二年に法的に禁止されるまで空き家に侵入して住み着いても犯罪にならなかった。だから、運動家たちは空き家を勝手に占拠して自分たちの住居兼アジトにしていることがよくあったのだ。こうした行為はスクウォッティングとも呼ばれる。

何を隠そう、ローズとロブとナイラも占拠したアジトに一緒に住んでいた仲間だった。運動と生活。それが完全に一体化していた時代だったのだ。

だが、スクウォッティングが法的に禁止されてしまってから、運動と占拠とは関係のない言葉になった。近年の運動は、デモをしたり、ネットで署名を集めたり、SNSで議論を闘わせるものになった。いまや運動はふわふわと流動的で、依って立つ拠点がない。物理的な不動のアジトを持って、そこで生身の人間が触れ合い、ぶつかり合い、一緒に生きるダイナミズムがない。

時代はもう変わった。そうローズは思っていた。だから、いまどきの若者であるジェイドやギャビーたちが、「占拠」と言い出したのは驚きだった。考えてみれば、住居に恵まれない彼女たちだからこそ、どこかを占拠する方法を思いつくのかもしれない。彼女たちは、居場所が欲しいのだ。

この若い娘たちの運動にはいまどきの運動が忘れている何かがある。

ローズの確信はますます強くなった。

そしてジェイドたちの占拠運動は、ここからどんどん発展していくことになるのだ。

ここに空き家があります

ショールーム占拠事件が地方紙に報じられると、E15ロージズの連絡先には、社会運動団体やジャーナリストだけでなく、地元の一般の人々から応援や相談のメールが来るようになった。

保守党による福祉削減は様々な人たちに影響を及ぼしているのがわかった。ジェイドたちのようなシングルマザー、障碍(しょうがい)を持つ人々や高齢者、家族を介護しながら生活している人、疾病で働けなくなった人たちなど、福祉からの助けを切られた人たちがメールで悲鳴を上げていた。家賃を滞納して大家から退去を迫られている人、住む家を失って慈善団体運営のシェルターにいる人、慈善団体にも公的な補助金が入らなくなったのでシェルターが閉鎖になり行き場を失った人など、緊縮の影響が住宅問題に色濃く出ているのもわかった。

「あたしさ、なんだか自分が情けなくなってくる」

E15ロージズ宛に送られてきた新着メールをスマホで読みながら、ギャビーが言った。

「こんなに困ってる人たちがいるのに、何もしてやれない。それどころか自分がホームレスになりそうだし」

「あたしも自分が情けなくなる」

狭いキッチンの流しの前に立ってケトルに水を入れながらジェイドも言った。

「こんなことになるまで、こういう問題を真剣に考えたこともなかった自分に腹が立つ。こんなにこの国がひどいことになっているなんて考えたこともなかった。オリンピックのときだって、バカみたいに開会式で女王と007のやり取りとか見て盛り上がってた」

ザ・サンクチュアリのシングルマザーたちの部屋は、シングルベッドと幼児用ベッドと小さなテーブルと椅子を置いたら、もう床に座る場所もなくなるぐらい狭い空間だった。ジェイドの部屋はテーブルの代わりに棚付きのオムツ交換台を置いていたので、ギャビーとシンディはそれを間に挟んで向かい合う形で座っている。

「こんなに住む場所に困ってる人がいるんだもんね。改めてびっくりする」

シンディが言うと、ギャビーが口惜しそうに語気を荒らげて答えた。

「家はめっちゃいっぱいあるのに、その中に人が住んでないのが問題なんだよ。公営住宅だって空き家だらけだろ。売るつもりだから、人を住まわせないでそのまま放置している」

「区の建物だって、最近は閉鎖したらそのままになってるよね。ユースセンターや図書館が閉鎖されたのも、緊縮のせいなの？」

「うん。そのうち、ああいう建物も不動産屋に売られて、高級フラットか何かになるんだよ」

シンディとギャビーの会話を聞きながら紅茶をいれていたジェイドは、くるっと二人のほうを振り向いて言った。

「ねえ、あたし、ちょっと突飛なことを思いついちゃった」

「何？」

ジェイドが二人にアイディアを話すと、ギャビーはきらきらと瞳を輝かせて「いいじゃん、それ！」と叫んだ。が、シンディはちょっと引いた様子で沈黙している。それは新たな占拠運動のアイディアだったが、ジェイドが提案した場所はいささか危険な建物だったからだ。

大通りにある警察署が閉鎖になったのは二カ月前のことだった。

政府は緊縮財政の一環として警察まで縮小するようになり、警察署を次々に閉鎖し、警官の人員削減を進めていた。オリンピックの最中は、蛍光イエローのジャケット着用の警官が、ストリートというストリートをすべてパトロールしていたが、いまやロンドン東部で警察官を見かけることは稀だ。住宅協会のショールームを占拠したときに、警察が出動して来なかったのも、人員不足でそれどころではなかったのだ。よっぽど暴力的な状況にならない限り、占拠活動ぐらいで警察が迅速に出動してくることはないのである。

ザ・サンクチュアリの近くにある警察署は、古式ゆかしいヴィクトリアン様式の建物で、玄関上部の白壁に「ポリス」と彫刻されていた。歴史ある建物を保存するためか、通りに面した外壁の二階に取り付けられた複数のバルコニーもオリジナルのままだ。『ロミオとジュリエット』か何かに出てきそうなよじ登りやすい形状をしている。占拠してくださいと言わんばかりだ。

とは言え、ターゲットは腐っても元警察署だ。占拠するなら少数精鋭で行ったほうがいいだろうということになり、ローズとギャビー、そしてザ・サンクチュアリの単身部屋の住人であるジョニー、外部からE15ロージズに参加している若き活動家のリズの四人がメンバーに選ばれた。それでも、元警察署の建物は警備が通常の建物よりも強固だろうから、百戦錬磨のベテランであるロブにローズが応援を頼んだ。

メンバーたちが人通りもまばらな早朝に現地到着すると、すでにロブが白いバンの運転席に座って待機していた。ロブはローズたちが近づいて来たのを見て、バンから降り、後部の扉を開いてスライド式の梯子を取り出した。

「ざっと下見したけど、一番左のバルコニーに上ってから中央のバルコニーに飛び移ればCCTV（監視）カメラには映らない」

ロブはそう言うと、梯子を抱えて先頭に立ち、メンバーたちを誘導して警察署の左端の壁に向かって歩いて行った。そして二階のバルコニーに向かってするする梯子をスライドさせて伸ばすと、がっしりとそれを壁に立てかけた。

「サンクス。じゃ、行くよ」

ローズが最初に梯子を登って行った。ギャビー、ジョニー、リズもそれに続く。メンバーたちが登り終わったのを確認すると、ロブは静かに梯子を元の長さに戻し、警察署の斜め前に停めてある白いバンの後部に積んで運転席に乗り込んだ。

左側のバルコニーから中央のバルコニーにうまく飛び移ったローズは、下げていたリュックをおろし、折りたたんだバナーを取り出して広げた。この占拠用にジェイドたちが作った新しいバナーだ。

「ここに空き家があります。この地区は無人の建物だらけだ！」

黄色い布に黒と赤の太字でそう書かれている。

ローズがそのバナーをバルコニーの柵からぶら下げると、左側のバルコニーにいるギャビーも「E15ロージズ」と書かれたバナーを広げて柵にぶら下げた。さらに、中央から右側のバルコニーに飛び移ったジョニーが「ソーシャル・クレンジングではなく、ソーシャル・ハウジングを」のバナーを柵から下げた。

元警察署の正面に三つのバナーが無事に下がったのを見届けて、ロブは白いバンで走り去って行った。ギャビーから「占拠成功」のメッセージを受け取ったジェイドは、ザ・サンクチュアリの母親たちとバギーを押しながら元警察署に向かい、正面玄関前に陣取ってビラ配りや演説を始めた。

近所の人々から通報が入ったらしく警察がやってきた。が、ジェイドたちの顔を認めると、バルコニーに上っているローズたちを下ろせとも、バナーを外せとも言わなかった。強硬な態度を取るとメディアがうるさくなると思ったのかもしれなかったし、ジェイドが「今日だけの平和的な抗議活動です」と交渉したせいかもしれない。何にせよ、予算と人員の大幅削減のプレッシャーの中で、警察はこの程度のことにはかまっていられないのだという感じだった。誰かが強盗に遭っているわけでも、ナイフで刺されているわけでもなければ、ロンドン東部ではたいした事件ではない。

「なんだかんだ言っても、警察署だった建物だったから、メンツにかけてバナーを引き剝がしに来るかと思ったけど」

路上のジェイドたちからバルコニーに放り投げて貰ったサンドウィッチを食べながら、ギャビーが言った。ローズもチョコレートバーの包みを開けながら言う。

「この建物、いまでもいちおう警察の持ち物なんだけどね。もはや後は売るだけの不動産になったから、破壊されて損失でも出ない限り、どうでもいいのかな。もはや警察も資本主義にどっぷり浸かって、カネのことしか考えてないんだよ」

「拍子抜けしたっていうか、つまんないな。なんか」

道行く人々にビラを渡す母親たちを見下ろしながらギャビーがこぼした。

「だけど、こんなに警察がやる気ないんだったら、もっと大規模な占拠でも、やろうと思ったらやれるんじゃない？」

ギャビーの言葉に反応したのは、同世代の大学生でありながら運動経験の豊富なリズだった。

「そうなんだよ。無人の建物がこの辺りにはたくさんあるから、もっと本気でスクウォットして住むことだってできると思うよ」

スクウォット。甘酸っぱい青春の香りがする言葉がついに若者たちの口から出て来たことに、ローズはこっそり感動していた。

「それはさすがに捕まるだろ」

ギャビーが言うと、リズは自信に満ちた顔で答えた。

「大人数でうわっと平和的にやればいいんだよ。あたしたちが生まれた頃、ベルリンの壁が見る見る壊れていったように。近隣の住民も味方につけたら似たようなことが起きる。あたしたちの占拠に絶対に同意しそうな人たちが住んでいる地域があるよ」

「どこよ、それ」

ギャビーの問いにリズがきっぱりと答えた。

「E15内にある公営住宅地」

ゴースト・タウン

夕方になると、ロブがまた白いバンを運転して元警察署にメンバーたちを迎えに来た。正面玄関前でビラ配りをしていた母親たちは、子どもを小学校や託児所に迎えに行かなければいけないメンバーたちもいたので先にバスで帰っていた。

ギャビーとジョニーをザ・サンクチュアリまで送り、リズを地下鉄の駅の前で下ろすと、最後には一番遠くに住んでいるローズと、運転しているロブの二人が残った。

「あの子たち、スクウォッティングをやろうと言い出した」

助手席でローズが言うと、ロブが答えた。

「へえ、いまどき。すげえいい（スーパークール）じゃん」

若い頃に戻ったような言葉づかいをしたロブに、ローズはなぜか軽く動揺した。

「長らく聞かなくなってた言葉だなと思って、ちょっと感動した」

ローズが言うと、ロブは目尻を皺だらけにして微笑んだ。それはローズがちょっとたじろぐほど柔和な表情だった。若い頃のロブはけっしてこんな顔はしなかった。

「この辺りは空き家だらけだからな。絶好のチャンスだよ」

「リズが、公営住宅地でやったらいいんじゃないかって言ってた」

ローズが言うと、ロブが急に横を向いて彼女の顔を見た。

「それ、抜群にいいアイディアじゃないか」

ロブは再び前を向いて車を運転しながら、ある公営住宅地の話をし始めた。半分以上の住民が引っ越しさせられた広大な公営住宅地があるという。一九六〇年代に建てられた公営住宅地なので修繕や改修工事が必要になっているが、予算がかかり過ぎるために、十年以上前から取り壊しの案も出ていた。そのうち、オリンピックパークから至近距離なので再開発の一部として、ロンドン大学のキャンパスを招致する計画を区が推進し始めた。しかし、交渉が難航し、結局は空き家だらけのまま放置されているので、まだ居住している住民たちもその状況には大きな不満を抱いているとロブは説明した。

「ちょっとスキャンダラスな話じゃない、それ」

「おお。公営住宅の空き待ちのリストには一万人以上が名前を連ねていて、ホームレス・シェルターの若者たちが北部に移住させられようとしているときに、足元にああいう公営住宅地があるんだからな」

「ひどい話だ」

「あそこで何かやったら、住民たちも協力すると思うよ。たまに車で通りかかるだろう、するとリアルにスペシャルズの『ゴースト・タウン』みたいな世界で、ゾッとするよ。夜なんか、特にね」

「そこ、これから見に行けない？」

ローズはロブの横顔を見ながら言った。

「え、大丈夫なのかい。あんた、孫の世話は？」

「大丈夫。今日はパートナーが休みで、見てくれてるから」

パートナーという言葉を口にしたとき、胸がきゅっと締め付けられるようなせつない感覚を覚えたことに、ローズはわれながら困惑した。

「そうか。じゃあ、少し先のガソリンスタンドでUターンする」

ロブは素っ気ないほどふつうの口調でそう答えて運転を続けた。

日が翳り始めたウッドワーカー公営住宅地に降り立ったローズは、終末感あふれる情景に圧倒されていた。

中央の巨大な高層団地を見上げるように、三階建ての低い団地や二階建てのテラスハウス式公営住宅が、延々と広い範囲にわたって連なっている。それらおびただしい数の住宅の窓に、薄茶色のベニヤ板が打ち付けてあった。まだガラスが入っている窓もところどころ割れたままになっていて、無人であることが一目でわかる。長く放置されていることを示す庭の芝の伸び具合。住宅地の中にある雑貨屋でさえシャッターが下りている。ティーンが多く住んでいる公営住宅地ならすぐシャッターに落書きされるところだが、ここにはそれすらもない。

ローズの背後からロブの低い歌声が聞こえた。

この街はゴースト・タウンみたいになってきた
クラブは全部閉店さ
ここはゴースト・タウンみたいになってきた
もうバンドが演奏することもない

一九八〇年代のサッチャー政権の時代にヒットした歌が、二十一世紀の街の風景にこれほどフィットするのが驚きだった。

「あの女、本当はまだ生きてるんだよ」

ローズの言葉にロブも頷いた。

「ああ」

ベニヤ板が打ち付けられて、絆創膏だらけの煉瓦の箱みたいになった無人の公営団地群の頭上に、とても現実の建造物とは思えない珍妙な塔が聳え立っているのも不気味だった。

B級SF映画に出て来る壊れかけのバベルの塔の静止画像みたいな、オリンピックパークの展望塔、アルセロール・ミッタル・オービットだ。莫大な資金を投入し、ロンドン五輪を記念して建てられた、シュールなほど変な形をした巨大な建造物と、住む人もなくうち捨てられている公営団地群。

これほど象徴的な眺めがほかにあるだろうか。

ローズはポケットからスマホを出してあたりの光景を撮影し始めた。

ジェイドの疑念

ローズが撮影してきた動画を見ながら、ギャビーが言った。

「あたし、中学の頃、ここに住んでた男とつきあってたことがあるよ」

「その人、いまもここに住んでいるの？」

ジェイドが聞くと、ギャビーが答えた。

「いや、家族で北部に引っ越した。それで別れたんだもん」

同じだ。北部に引っ越せと言われた自分たちと同じことが、実はずっと前から行われてきたのかもしれないとジェイドは思った。

「こないだリズが言っていたの、ここのことだったんじゃない？」

大学でジャーナリズムを学びながら様々な運動にかかわってきたリズは、公営住宅地で大規模なスクウォッティングを決行する計画をE15ロージズの会合で提案していた。オリンピックとジェントリフィケーションの関係を象徴するような公営住宅地で行えば、全国メディアも取り上げるだろうと言っていた。

「確かにフォトジェニックな場所。ここだったら、BBCとかも来そうじゃん」

シンディが長い髪をかき上げながら言った。

「だけど、本当にリズが言うようにうまく行くのかな」

ジェイドは半信半疑だった。空き家だらけで遺棄されているような公営住宅地の住人は、きっとE15ロージズの運動に共鳴し、協力してくれるだろうとリズは信じて疑わない。だが、ジェイドは彼女のように楽観的にはなれなかった。低賃金で働いている人々が、必ずしも自分たちのような無職のシングルマザーに好意的でないことをよく知っていたからだ。

公営団地で生まれ育ったジェイドは、生活保護の不正受給を通報するために隣人同士が互いを監視し合い、足を引っ張り合う姿を何度も見てきた。勤労者家庭の生活が苦しければ苦しいほど、生活保護を受けている家庭のことを悪く言うのもジェイドが育った環境では常識だった。ジェイドが臨月まで働いて勤務先の保育園を辞めたときだって、ほとんどの同僚たちは優しかったが、内心では快く思っていない人たちがいた。

「いいよね、子どもを産んだら、政府にお金貰って、家で自分の子どもの世話だけしてたらいいんでしょ」

「最低賃金でこんな仕事してるより、生活保護もらったほうがずっと賢いよ」

昼休みの休憩室で、同僚の保育士たちが話しているのを漏れ聞いたことがある。

十六歳で見習いとして保育士の仕事をはじめて以来、何かにつけてずっと面倒を見てくれた園長ですら、

「いまはこうしたほうが楽に思えるかもしれないけど、先々、例えばあなたが年を取ったときに後悔することになるかもしれない。きちんとそれを考えて決めたの？」

とジェイドに言った。ジェイドと同じように公営住宅地の出身で、自分の保育園を持つまでになった園長も、休憩室で喋っていた同僚とまったく同じようなことを考えていたのだ。

しかし、現実は世間の人たちが考えているほど甘くはない。保守党政権が緊縮財政を始めてから、無職のシングルマザーが子どもを育てるのは大変なことになっていた。だけど、どんなに困っても、ホームレスになったときも、ジェイドは園長や昔の同僚たちには頼らなかった。

「楽になれると思っていたのに、計算違いだったね」

と笑われるのがオチだと思ったからだ。

十代で妊娠したとわかったとき、ジェイドはまだパートナーと一緒に住んでいた。中学の同級生のパートナーはスーパーで働いていた。妊娠を知ったとき、彼は喜んでくれたし、ジェイドを大事にしてくれた。でも、時間が経つにつれ、外で酒を飲むことが多くなり、ある日、保育園から帰って来たら、勝手に荷物をまとめて出て行っていた。

まだ親になりたくなかったのだ。だけど気が弱い彼には言い出せなかった。十二歳の頃から彼を知っているジェイドにはそれがよくわかった。「堕胎してほしい」と本音が言えなかった

から、黙って逃げて行ったのである。

でも、そうやって逃げられてももう子どもはお腹の中で動いていた。なぜかビートの強いダンス系の曲を聞くと、ゴロゴロ元気に転がったり、ドラムを叩くようなリズムでお腹をキックしたりして元気に育っていた。

ジェイドはその赤ん坊に会いたかった。その子と暮らす時間が長くなればなるほど、その子のいない生活なんて考えられなくなった。

それでも多くの人たちは、生活保護を受給している若いシングルマザーたちの決断を「働かないで生きるための選択」だと決めつける。

きつい労働に見合わない賃金しか貰っていない人たちほどそんなことを言うのだ。公営住宅地はそういう人々が多く住んでいる場所なのに、自分たちの占拠運動が支持されるなんてあり得るだろうか。ジェイドには大学生のリズの考えはどこかお花畑に思えた。

それでもローズが送って来た動画の、自分が育った場所によく似た公営住宅地の動画からジェイドは目を離すことができなかった。

見捨てられ、侘しい姿になり果てたその姿にジェイドの胸が痛んだ。

そこにあまりいい思い出がないとしても、ジェイドにとって、公営住宅地はふるさと（ホーム）だったからだ。

第二章
自分たちでやってやれ

沈む船で足掻く

「これは、日本の読者には関係ないよね」

所長はそう言って史奈子のほうにプリントアウトした原稿を投げた。

が、史奈子は食い下がる。

「ロンドン五輪から二年が過ぎて、現地はどうなっているのだろうか。そういう企画に広げていけば、読者も興味を持ってくれると思います。東京も二〇二〇年の五輪開催地に決まったんですから、他人事ではないはずです」

「だからって、公営住宅の占拠運動なんて、ローカル過ぎるだろう、話題が」

所長は眼鏡のブリッジを指で押し上げながらそう言った。ずっとパソコンの画面を見たままで史奈子を一瞥もしない。

「しばらくはスコットランド関連の記事を送れと言われているから、そういう小ネタはいらないんだよ」

面倒くさそうに所長が言ったところで、けたたましく電話が鳴った。

「所長、スコットランドの古尾記者からです」

所長の隣に座っている英国人アシスタントがたどたどしい日本語で言った。所長は受話器を取り、喋り始める。

スコットランド独立の是非を問う住民投票が数日前に行われたばかりで、駐在員たちは関連ニュースを集中して追っていた。あの識者のコメントが取れたとか、独立派・残留派両方の現地住民たちの談話を聞いているとか、大騒ぎして取材のアポを入れたり、書いたりしているわりには、例によって紙面に載る記事は小さい。

国際部駐在記者も経済部駐在記者も、「久々のビッグなＵＫネタ」とばかりに活気づいていた。そんな中、社会部から来た史奈子は浮いていた。スコットランドにも行かせてもらえなかったし、所長と一緒にロンドンで留守番をさせられている。それでも、考えようによっては、他の記者たちがいなくなるので、所長に新企画を提案する絶好の機会だった。でも、所長のリアクションは「いらんことをするな」と言わんばかりに冷たい。

ロンドン駐在員事務所には、所長と三人の駐在記者、そして三人の現地採用スタッフがいた。二人の記者と英国人アシスタントの一人がスコットランド入りしていて（ところで、それはみんな男性だった）、総務兼雑務の日本人女性が今日は有休を取っている。だから、事務所はいつもよりがらんと広く感じられた。

電話を切って所長が部屋から出て行った後で、英国人アシスタントのリンダが自分のデスクスペースから出てきた。パーティションで囲まれた史奈子のデスクをのぞき込みながら英語で話しかけてくる。

「オリンピックの跡地のシリーズ、いい企画だと思うけど」

「サンクス。でも、またダメ出しされた」

パーティションの上に二つ折りにしてかけられていた今日付けの自紙サテライト版をリンダが手に取り、広げた。

「今日はもう、スコットランド関連の記事はほとんど載ってないじゃない。わっと追いかけて、一日か二日で飽きられて、すぐ何も載らなくなる」

リンダが紙面を眺めながら言ったので、史奈子もキーボードを打つ手を止めて答えた。

「英国の新聞みたいに、粘り強く何かを追うってことは少ないからね。独自の渋いストーリーとかは書かせてもらえないから」

「誰が許さないの？　東京のデスク？」

「その前に、所長」

「なんで？」

「部数が激しく落ちてるから、もっと広く読まれそうな記事を送れってプレッシャーがかかってるみたい」

「そういうときだからこそ、他紙とは違う、独自の企画をやってみるべきなんじゃないの」

リンダの言葉に、史奈子は苦笑いを浮かべ、肩をすくめた。

「こういうときだからこそ、日本では守りに入るのよ。ますます新しいことなんてできなくなる」

二人が話している途中で、所長がハンカチで手を拭きながらオフィスに戻ってきた。ここのビルのトイレは、定期的にハンドドライヤーが壊れる。東京本社でこんなことが起きれば苦情の嵐だろうが、英国では駐在記者たちは黙って口をつぐむ。「○○新聞だ、なんとかしろ」と言ったところで、ビルの管理人も修繕業者も、そんな新聞の名前、聞いたこともないからだ。

それでも二十年ぐらい前までは、この駐在員事務所も羽振りがよかったらしい。英国のメディア街として有名なフリートストリートの高層ビルにオフィスを構え、駐在記者数もいまの三倍だったと聞いている。

「こんなぼろっちくて薄暗い一部屋の事務所じゃなかった。大きな窓のあるモダンなビルで、所長室は別になってたし、立派な会議室もあった」

「あの頃は欧州内の移動でもビジネスクラスで行けたんだよね」

「接待費だって使い放題だったから、駐在員同士で一流店にランチやディナーに行って、すべて経費で落としてた」

むかしロンドンに駐在していた編集委員などのお偉いさんが出張でこっちに来ると、必ずそんな話を聞かせてくれた。

史奈子は日本人駐在員たちがブイブイ言わせていた時代は知らない。だから、何かにつけて「もう時代が違う」と言う所長の言葉に違和感をおぼえた。所長の態度は、東京のデスクが首を縦に振る記事（つまり、よその新聞にも必ず書いてある大ネタ）さえ送っておけば安泰、みたいな諦めに満ちている。史奈子には、次の赴任先を気にして、上の言うなりになっている三十代、四十代の男性駐在員たちのような出世欲があるわけでもないから、もっと面白い仕事がしたかった。沈む船の上で椅子取りゲームに励むよりも、船そのものをなんとかしたいという思いもあったし。

自分が本当に関心を持てる記事を書くこと。

自分自身も読者も新しい視点を持つきっかけになるような、そういう事象を探して歩き、オリジナルな記事を書くこと。

「沈む船を何とかするには、それしかないんじゃないですかね」

と新年会で言ったら、所長や先輩記者たちは「青いね」と鼻で笑っていた。ソーホーのチャイナタウンのレストランでバリバリ春巻きを食べながら、所長はこう説教してきた。

「いまだに新聞を読んでいる年齢層の人々は、本心ではもう新しいことなんか求めていないんだよ。新しい視点を得るよりも、これまで培ってきた自分の視点を肯定してくれる記事が読みたいんだ。大事なのは発見よりも安心。変化より共感。新聞はこうやって幕を閉じていくしかないんだ。その終焉のカーブをいかに緩やかにできるか、ソフトランディングが重要な時代だ。それは日本経済も同じことだよ」

二十代で、ロンドン駐在一年目で、これから何かをやろうと思っている史奈子にとって、所長の「みんなで緩やかに終わっていきましょう」論は辛気臭すぎた。

そもそも、代わり映えしない記事や論調を載せていればソフトランディングできるという確信こそが甘いんじゃないかと思える。要するにこの人たちは、自分は逃げ切れると信じているのだ。

でも、終わりはずっと早くやってくるかもしれない。

明日終わるかもしれないという切実な危機感があれば、とりあえず人間は何でもやって生き残ろうと足掻くものじゃないのか。転覆しそうな船に乗っているのに誰も方向転換しないのは、漠然と「このままでも、実はけっこう大丈夫」と考えているからで、お花畑っていうのは本当はそっちのことじゃないのか。

「ノー・フューチャー。そう思えば、なんだってできるし、とんでもない力が湧いてくる」

ふっと史奈子の頭の中にそんな声が聞こえてきた。この言葉を言ったのは……。

いかんいかんいかん。史奈子はぶんぶん首を振って再びキーボードを打ち始めた。悪魔の声を打ち消すために、つい力強くキーを叩き過ぎてしまっていたのだろう。「ううん、んん」と所長がわざとらしく大きな咳ばらいをした。

史奈子は反射的に指を止め、ひっそりとまた静かにキーを打ち始めた。

ランチのサンドウィッチを買ってきた史奈子は、壁に設置された三つのスクリーンと向かい合い、テーブルの椅子に腰かけた。狭い事務所の奥の壁にスクリーンが三台取り付けられていて、BBCニュース24とSKYニュース、CNNが常に映し出されている。テレビでよく見かける有名なコメディアンの顔が映っているので、史奈子はSKYニュースの音声を大きくした。

「スコットランドの住民投票に世界のメディアが注目し、年次党大会で政治家たちが大きな言葉で政治を語っているときに、市井の人々がストリートで立ち上がり、自分たちで自分たちの運命の手綱を握ろうとしている。政治は常に時代に必要な形で変異していくんだ」

胸のあたりまで伸びた長髪に革ジャン姿のコメディアンは、お笑い界の人というよりロックスターみたいだ。知的でヤバい政治風刺漫談で有名な人で、左派系の高級紙に連載コラムを持っていたと思う。人気モデルやポップスターと浮名を流しているので、よくタブロイド紙の一面にも写真が載っている人だ。

一世を風靡しているそのコメディアンが話し終わると、カメラが切り替わり、窓から色とりどりのバナーが垂れ下がった煉瓦造りの公営住宅が映った。

「すごい！　さっきお話しした公営住宅占拠の現場に、いま一番人気のあるコメディアンが行って中継していますよ」

史奈子は所長にそう言おうと思って立ち上がったが、ぼんやりとコンピューターのスクリーンを見ている所長の覇気のない横顔を見ると、言ってもしかたない気がして再び腰を下ろした。イギリスで一番人気のコメディアンとか言っても、家では衛星放送で日本のテレビばかり見ている所長はきっと知らないだろう。

長髪のコメディアンは占拠された三階建ての公営団地の中に入って行った。団地の一室には様々な年代の男女が座っていた。

「君たちはホームレス・シェルターを追い出されたことがきっかけでこの運動を始めたんだよね」

コメディアンが聞くと、長い赤毛のふくよかな若い女性が答えた。先日見たニュース映像で、占拠した建物の前で堂々と演説していた、この運動のリーダーの女性だ。

「きっかけはそうだったけど、あたしたちだけの問題じゃなかったことに気づきました。ロンドンの至るところに空き家があるのに、路上で寝ている人たち、シェルターが閉鎖になって住む場所がなくなる人たち、住み慣れた街から遠くに引っ越さなければならない人たちがいます。これはどう考えてもおかしいんじゃないかと思いました」

「ジェイド、僕が君たちを見ていて面白いと思うのは、君たちは自分の個人的な経験が社会全体に広がっている大きな問題の一部なのだということを、自分で発見したことなんだよね」

腕組みをしながらコメディアンが言うと、赤毛の女性が答えた。

「それは、この部屋にいる仲間たちのような人々が、「こっちも同じだ」「うちの地域もそうだよ」と声を上げて教えてくれたからです」

コメディアンは部屋の壁際に座っている中年の女性たちに声をかけた。

「君たちはこの公営住宅地の住人なんだよね？　どうしてこの運動を手伝っているの？」

「あたしは身体障碍者介護の仕事をやっています。ずっと地域コミュニティのために働いてきました。でも、保守党政権になって賃金をカットされ、職場の人員も減らされて……、地べたの人間が立ち上がるときだと思いました。ジェイドたちを見て、もう黙ってる場合じゃない、あたしもやってやる、と思ったんです」

「あたしは保育士です。このあたり、空き家だらけになって物騒だし、住む家のない人がいるんだったらここに住んでもらったらいいのにってみんな思ってます。手頃な家賃の住宅の供給を受けるのは市民の権利でしょう。どうしてロンドンをリッチでこぎれいな街にするために庶民が追い出されないといけないんですか」

脇に座っている男性たちも「そうだ、そうだ」と声を上げる。

「オリンピックで再開発されたこの地域は象徴的ですけど、僕はロンドン北部の公営団地に住んでいて、状況は同じです」

部屋の隅に立っている長身の青年がそう話すと、リーダーの女性の脇にいるラッパーみたいな感じの若い黒人女性が言った。

「つまり、お上と資本家がグルになって、市民の総入れ替えをしようとしてるんだよ。ふつうの人間を追い出して、ロンドンを金持ちのためのディズニーランドにしようとしている」

史奈子はサンドウィッチをラテで流し込みながら、食い入るようにニュース映像を見ていた。「ロンドンを金持ちのディズニーランドにしようとしている」、「オリンピックの開催地区だけでなく、ロンドン北部も同じ」、「市民の総入れ替え」。そのまま記事に使えそうな言葉だらけだ。

しかし、ひとつだけ気になる発言もあった。保育士の女性が言った「手頃な家賃の住宅の供給を受けるのは市民の権利」という言葉だ。

それって本当に権利なんだろうか、と思う日本の読者は多いだろう。家賃に手が届かない地域に住めないのは当たり前のことだ。世界中、どこでもそうであるように、首都の家賃が高騰するのは自然なのである。なのに、「安い家賃の住宅に住む権利」が市民にある、というのは何に基づいた考えなのだろう。少なくともこういう主張は史奈子が生まれ育った国では聞いたことがない。

「あたしたちはアクティヴィストです。よく、「運動がアクティヴィストに乗っ取られた」とか言う人がいますよね。でも、あたしたちの場合は、自分自身の問題に、自分でアクティヴ(能動的)にアクト(行動)しているから、アクティヴィスト。プラカードを振って、誰かに何かをしてくださいってお願いしているアクティヴィストじゃないんです」

ジェイドというリーダーの女性がそう言うと、ロックミュージシャンみたいなコメディアンが、人差し指を立ててカメラ目線を決めながら言った。

「俺は君たちのアクティヴィストの定義、めっちゃ好きだなー。いいかい、みんな、俺たちはみんな自分の人生のアクティヴィストになるべきなんだ」

自分もアクティヴに行動したけど、中身を見もせずに原稿を突き返されたぞ、と史奈子は唇をかんだ。

「はじめに行為ありき」

と、あいつもよく言っていた。そういえば、幸太や彼の仲間たちも「運動家」と日本では呼ばれていて、英語にすれば「アクティヴィスト」になるのかなと思った。

「え、史奈子の彼氏って運動家なの？　ヤバくない？」

「運動家なんかとつきあってるの？」

大学時代、友人たちによく言われた。そう考えると「アクティヴィスト」ってのは、日本では差別語の一つみたいだ。

確かに、アクティヴィストのことなんか書いても日本の読者には好まれないというのは、所長の言うとおりなのかもしれない。史奈子はサンドウィッチの包装紙を捨て、ラテの紙カップを握って自分のデスクに戻った。

しばらくすると、所長が近づいてきて、英紙を読んでいた史奈子に話しかけた。

「ちょっと話があるから、外で飯を食べよう」

と言う。

「え、もうサンドウィッチ食べちゃったんですけど」

「ああ、そう。じゃ、カフェに行ってコーヒーでも飲む？」

諦めず執拗に誘ってくるので、もしかしたら大事な話だろうかと思って、史奈子は「わかりました」と言い、所長と一緒に事務所を出た。

まだ九月だというのに歩道には枯れ葉が散らばっていた。秋晴れのランチタイムのカフェは、外のテーブルで昼食を楽しんでいる人々で溢れていて、薄暗い店内の隅に空いたテーブルが一つだけあった。椅子に座ってウエイターに注文を済ますと、所長はさっそく切り出してきた。

「実は、……明日から、新しい総務スタッフの面接をやるから、君に同席してほしいと思ってね」

有休を取っている総務担当の日本人女性が来月半ばに退職することになっているので、いま所長は後任のスタッフを探しているのだ。

「ジョブ・エージェンシーから四人の候補の履歴書が来てるんだけど、とりあえず、全員と面接することにした。会ってみないとわからないからね」

所長がそう続けるので、史奈子は尋ねた。

「同席はわかりましたが、何をしたらいいのですか？」

「みんな日本人女性で、こちらの人と結婚している。だいたい君と同じぐらいの年代だから、どんな感じがするか、見てほしいと思ってね」

「どんな感じじって、具体的に、何を見ればいいのでしょう」

史奈子が怪訝そうな顔つきで言うと、所長が答えた。

「だいたいわかるだろ。すぐやめそうな人とか、続きそうな人とか」

「そんなの見ただけではわからないと思いますけど」

「だから、そういう質問をしてくれたらいいんだよ」

所長が何を言っているのか史奈子にはわからなかった。それで「は？」みたいな顔つきになっていると、しびれを切らしたように所長は「だから！」と声を荒らげた。

「いつ結婚したか、子どもはいるのか、いなければ子どもをつくる気はあるのか、そういうことを聞いてほしいんだよ。そういう個人的な情報は履歴書に書いてないからね」

史奈子は目を丸くして所長を見ていた。

「僕が聞くとまずいだろ。だから女性の君に聞いてほしいんだ」

所長がそう言ったところでウエイターがパニーニとコーヒーを運んできた。史奈子が固まっている理由は所長にもわかっているらしく、彼は気まずそうにコーヒーにミルクを入れてスプーンでぐるぐるかき回しながら続けた。

「うちのように小さいオフィスで、総務の女性が休んだり、やめたりすると大変なんだよ。その度に人探しやら面接やらに時間を取られて、記事が書けなくなる。僕たちは記者としてロンドンに来ているのであって、そんなことに煩わされるために来たわけじゃない」

つまり、所長は、産休を取ったり、子どもの病気で休んだりする女性は雇いたくないので、史奈子にそのあたりをさぐってくれと言っているのだ。若いときには中東やアフリカの紛争地域に飛び、素晴らしい記事を書いていたという「人道派」の記者がいったい何を言っているのだろう。

所長が自分を外に連れ出した理由がようやく史奈子にはわかった。リンダが事務所にいるからだ。英国人女性には絶対にこんなことは聞かれたくないのだ。でも、史奈子は日本人だから安心して話せる。「日本人女性だから、君だって、わかるだろう」ということなのだ。

「でも所長、それって雇用法に反してますよ」

と史奈子は言いたかったが、乾いた喉に言葉を飲み込み、ただ黙って座っていた。所長は口の周りをベーコンの油でぎとぎと光らせながらパニーニを食べ続けている。クチュクチュとパンを嚙む不快な音と店内のＢＧＭのクイーンの曲が奇妙なテンポで混ざり合う。史奈子の心の中でも「自由になりたい」とフレディ・マーキュリーが絶叫していた。

困惑のメッセージ

「どうしたの？　何があったの？」

とリンダが近づいてきて小声で言ったが、史奈子は両手を肩のあたりまで上げて「さあ？」という身振りをして見せた。

新しい総務スタッフの面接が終わった後、所長はすこぶる機嫌を悪くした様子で一言も口をきかずに自分の机に戻ったからだ。

こんな時代錯誤なことを聞けと言われたんだけど、さすがに聞けなかったわ、とリンダに言いつけないだけでも、心やさしい部下だと感謝してほしい、と史奈子は思った。だけど、所長はもちろんそんなことは考えない。一日中、史奈子と言葉を交わさず、帰りしなに「お先に失礼します」と挨拶しても眉一つ動かさなかった。

いったいぜんたい、どうして英国に来てまで、私はこんな純日本的なオフィス・ライフを送っているのだろう。英国駐在って言ったって、日本人男性の先輩記者たちに囲まれて言いたいことも言えず、企画を出せばダメ出しされ、言うことをきかないとあからさまに無視される。

もちろん、辞令を受けたとき、別の会社に転職するわけじゃないのだから、自分の仕事が大きく変わるとは期待していなかった。それでも、海外で生活し、仕事をすることで、少しは硬直した日本のシステムから逃れられる部分があるんじゃないかと思った。でも、そんなことは全然ない。これじゃ何のためにロンドンにいるのかわからない。

ベランダに立って街を見下ろせば、人々は思い思いに休日の朝を楽しんでいる。スポーツウェアを着てランニングしている人々、低層ビルの屋上のカフェでブランチを食べている人々、犬を連れてテムズ川のほうに向かって歩いて行く人々……。げんなりしていないで自分もあの中の一人になるべきなんだ。ロンドンの休日の朝を楽しむべきなのだ。なのに、朝からやっていることと言えば、洗濯と部屋の掃除。これじゃ東京での生活と同じだ。

ため息をつきながら部屋に戻り、再び掃除機のハンドルを手に取ると、ベッドのそばの小さなテーブルの上でスマホが着信音を放った。近づいてスマホを手に取ると、ロック画面に新着メッセージの一部が表示されていた。

史奈子の目は釘付けになった。送信者の名前が幸太だったからだ。

「らいしゅあおう」

何を言っているのかすぐには頭に入って来なかった。「来酒合おう」「ライ種亜王」「頼主青う」……。わざと推測を核心から遠ざけているのは自分でもわかっていた。だって、脳内でどう漢字と平仮名を組み合わせてみても、「来週会おう」の打ち間違いとしか読めなかったからだ。

来週会おうって、どこで？　「うっひょーー!!」とか「すげー!!」とか言って幸太がメッセージを送ってきていたのは数日前のことだった。「ロンドン行きてぇ」とか書いていたが、そんなお金があるわけもないし、何言ってんのこの人、ぐらいにしか思っていなかったのだ。

……でも、もしかして本当に来るというのだろうか。

史奈子は動揺してふらふらとベッドに腰掛けた。そもそも、どうしてこのメッセージはすべて平仮名なんだろう。

じっとスマホのメッセージを見つめながら、史奈子はある適切な結論に辿り着いた。

幸太は酔っているのだ。こちらの時間が午前十時半ということは、日本は午後六時半。こんな時間から何をべろべろになっているのだと思うが、幸太と仲間たちは休日の午後によくこういうことをやる。アナキズム研究会だとか何だとか言って、仲間の一人がやっているバーに集まって、本を読んだり、酒を飲んだりしている。それでバーの開店時間になるとお開きになるから、しこたま飲んで出来上がって店の外に出る。ちょうどそれぐらいの時間帯だ。

たぶんアナキズム研究会でロンドンの公営住宅占拠の話題が出たのかもしれない。それで史奈子のことを思い出して、こういうメッセージを送ってきたのだ。

しかし。

と史奈子は思った。幸太がいくらテキトーな人間だったとしても、彼は別れた恋人にいつまでも連絡したり、しつこく嫌がらせをするタイプではない。実際、ものすごくお金に困ってホームレスになったとき以外は、史奈子に連絡してきたこともなかった。そういうところはちゃんとしているというか、あっさりしているのだ。

ということは？

幸太に返信すれば聞けることだった。「来週って、いつ？」「渡航費はどうしたの？」「誰と来るの？　それとも一人？」。様々な具体的な質問が史奈子の頭に渦巻いている。

でも、史奈子は無言でじっとスマホを見ているだけで、何もしなかった。彼が酔っているとすれば、まともな答えが返って来るわけがないからだ。それどころか、たぶんどんどんわからなくなるだろう。

頭をクリアにしよう。

史奈子は立ち上がってクローゼットからトレンチコートを出して羽織り、バッグの中にスマホを突っ込んだ。こんなときは外に出て頭を冷やしたほうがいい。

占拠の現場へ

外には出たものの、どこへ行っていいのかわからなかった。

一人でパブに入る勇気もなければ、買い物をする気にもならない。ふらふらと公園に歩いて行くと、カップルや親子連れが目につき、なんとなく寂しい気持ちになってきた。事務所の下の階にある、衛星版販売部の女性駐在員に連絡しようかと思ったが、彼女は夫と共に赴任してきているので休日の朝を邪魔するのも気が引けた。

ロンドンに一年も住んでいるのに、休日を一緒に過ごせる友人すらいない。週日は事務所と家の往復で、休日は家事と残業仕事で潰れてしまう。有給休暇だって消化していない。ワークライフバランスなんて、記事のネタにすることはあるけど、自分には関係のない話だ。

そんなことを考えながらぽつねんと一人でベンチに座っていると、唐突に、行くべき場所があるような気がしてきた。

オリンピックパークの近くの公営住宅地占拠の現場である。なんだかんだと言いながら、幸太からのメッセージが頭から離れないせいでもあるが、数日前にテレビで見た現場を自分の目で確かめておきたい気がしてきた。局長に企画を断られたからって、それが現場に行かない理由にはならない。何もかも仕事のためにあるわけじゃあるまいし、たとえ仕事の役に立たなくても、自分が見たいものは見たいし、見ておくべきなのだ。

史奈子は公園から出てタクシーを止め、「クイーン・エリザベス・オリンピックパークに行ってください」と行き先を告げた。

「あの辺に、最近、占拠されてテレビとかに出ている公営住宅地がありますよね」

と車の中で運転手に話しかけると、

「ああ、ウッドワーカー公営住宅地だね」

と即答が帰って来た。

「そこに行きたいんです。そこに行って貰えますか」

史奈子が言うと、運転手が答えた。

「占拠地に行くのかい？」

「はい。……あの、取材で。私、日本の新聞の記者なので」

「ああ、それなら途中で寄るところがあるんだけど、いい？　メーター止めるから」

「は？」

「ごめん、ちょっと買い物するだけだから」

その言葉通りに運転手はガソリンスタンドに車を停め、車から降りて敷地内にあるミニ・スーパーに入って行った。しばらくすると、彼は巨大なお徳用ポテトチップスの袋を四つも下げて戻って来た。

「これ、差し入れ。あそこにいる子どもたちに」

中年の運転手はそう言って後部座席の史奈子にポテトチップスの袋を渡した。

「え？　知ってるんですか？　彼女たちを」

「いや、そういうわけじゃないけど。いろんなものを寄付している人たちがいるってラジオで聞いたから。俺も彼女たちを応援しているんだ。二十一世紀のワーキングクラス・ヒーローだ、あの母親たちは」

運転手はそう言って再び車を走らせ、ウッドワーカー公営住宅地に到着し、占拠地の少し手前で史奈子を降ろした。

史奈子は両手にポテトチップスの特大袋を抱えて、公営住宅地の真ん中に立っていた。数十メートル前方には、窓という窓から色とりどりのバナーが下がった煉瓦造りの建物があった。その前庭にも、左右に一つずつ緑色の長細い旗が立てられていて、左側には「人々には家が必要です」と書かれ、右側には「これらの家には住む人々が必要です」と書かれてある。前庭の芝の上には人が群がり、スマホで写真を撮っている人やブランケットを敷いてピクニックしている人たち、太鼓を鳴らしながら踊っている人たちもいた。

占拠された建物の窓から顔を出している人々もいて、芝の上に座っている人たちに手を振ったり、何ごとかを叫んで拍手を浴びたりしている。九月とはいえ肌寒い日なのに、みんな半袖のTシャツやタンクトップ一枚だ。史奈子はしばらくその光景を見ながらぼんやり立っていたが、タクシーの運転手に託されたポテトチップスを抱えていたことを思い出した。そうでなければ、このまま帰ることだってできたのに、と思った。物見遊山で来た史奈子のバーバリーのトレンチコートとプラダのバッグは、完全にその場から浮き上がっていたからだ。

こんな格好であの人たちに近づいて行ったら、何かされるのではないか。史奈子は不安になった。一人で行くべきじゃない。幸太が、というか、幸太みたいなのが必要だ。これはどう考えても彼の世界だ。

「小パック×六袋入り」と書かれた巨大なポテトチップスの袋たちを見ながら史奈子はため息をついた。あの運転手の気持ちがここにある。これを持って帰るわけにはいかない。

史奈子は覚悟を決めて歩き始めた。人々が群れている芝のほうに近づくと、座り込んで巻煙草を吸っている長髪の男性たちのほうから強烈な甘い匂いが鼻に飛び込んできた。カナビスだ。コートに匂いがつかないように、史奈子は少し離れたところを歩いて行った。アジア人だというだけでも目立つのに一人だけ場違いなトレンチコート姿の史奈子をじろじろ見ている人たちがいた。

と、どこからともなくジャクソン5の『I'll Be There』が聞こえてきた。肩にレトロな感じのオレンジ色のラジカセを抱えた黒人女性が目の前に現れ、史奈子に目もくれず通り過ぎて行った。ジャクソン5は彼女の肩の上から聞こえていたのだ。

すらりとした若いその女性は、ドレッドヘアの毛先にラジカセと同じ鮮やかなオレンジ色のビーズをつけ、黒いアディダスのジャージのボトムの上に黄色いタンクトップを着ていた。すれ違った瞬間に史奈子は「この人、見たことがある」と思った。数日前のニュース番組で人気コメディアンの脇に立っていたラッパー風の女性だ。E15ロージズのメンバーの一人である。

「ここでそういうのはやめて貰えないかな」

ラッパーみたいな女性は芝の上に座ってカナビスを吸っている男性たちのほうに近づいてそう言った。

「ここには小さな子どもたちもいるんだから、そういうのはマジやめてほしい」

男性たちは互いに顔を見合わせ、それから巻煙草を芝の上で揉み消した。それを見届けると、彼女はまた大きなラジカセから流れる音楽と共に建物のほうへ歩き始める。

彼女が自分のほうに近づいて来たとき、勇気を出して史奈子は声をかけた。

「すみません、これを。これを渡したいのです」

　ポテトチップスのお徳用袋を四つも目の前に差し出してきた史奈子の前で、ラッパー風の女性が立ち止まる。

「ああ、ありがとう。差し入れはキッチンのほうに置いてもらってるから、こっちに来てくれる？」

　え？

　と驚いている間もなく、ラッパー風の女性は史奈子の先に立ってずんずん歩き始めた。彼女の肩の上のレトロなラジカセから流れて来る曲が、ブルーノ・マーズの『ロックド・アウト・オブ・ヘヴン』に切り替わる。

　ラッパー風の女性は、開け放たれたガラスの扉から煉瓦造りの建物の中に入り、薄暗い階段を上って二階の廊下の一番手前のドアを開けた。彼女の後ろからキッチンに入ると、テーブルや狭い床の上にびっしりと缶詰やシリアルの箱やパンやお菓子が並べられている。

「すごい、これ、全部差し入れですか？」

　史奈子が聞くと、ラッパー風の女性が頷く。

「うん。ありがたいことに、いろんな人がいろんな物を持って訪ねてきてくれる」

　史奈子が驚いて周囲を見回していると、彼女が右手を出した。

「あたし、ギャビー。今日はここに来てくれてありがとう」

　にっこり笑っている彼女の手を史奈子も握った。

「あ、シナコです。お会いできて光栄です」

拍子抜けするようなフレンドリーさだった。数日前にテレビで報道されていた場所にこんなに簡単に入ることができて、運動のメンバーの一人と話すことができるなんて信じられなかった。前もって取材のアポを入れたわけでもないのに。

別に仕事をするつもりで来たわけでもないのだが、つい記者の頭になって史奈子はそう考えていた。

「そこらへんに、床の上にでも置いといて。棚の中もいっぱいだし、他に置き場がないんだよね」

と言われて、史奈子はカラフルなポテトチップスの袋を床の上に置いた。

「他の部屋も見て行く?」

ギャビーに聞かれて、史奈子は「イエス」と即答した。ギャビーはキッチンの流しの脇にラジカセを置き、「じゃ、まずはこっち」と言ってキッチンの隣の居間に入った。

「ハーイ」

「調子はどうだい?」

「ハロー、元気?」

どこかでこの人たちに会ったことがあるのだろうか、と思うほど、親しげに人々が挨拶してきた。グレーのスウェット・スーツを着たスキンヘッドの初老の男性、近所のおばさんという感じのエプロンがけの中年女性、子どもたちの宿題を見ている若い女性もいた。

その隣の部屋に入ると、壁の周りにびっしりと大小のぬいぐるみや積み木、ままごとセット、絵本など、玩具がひしめき合うように並べられていた。

「おもちゃの差し入れもいっぱい貰うんだ。ここには子どもがたくさんいることをみんな知っているから」

ギャビーはそう言って振り向いて笑った。床の上に座って話し込んでいる若者たちのグループも、史奈子に気づくと「ハーイ」「ハロー」とまるで前から知っている知人や友人みたいに気安く声をかけてくる。

「ここにいるのは、みんなE15ロージズのメンバーの方々ですか？」

史奈子が尋ねるとギャビーが答えた。

「メンバーもいるし、ふらっと訪ねて来て話をしていく人たちもいる。遠くから来る人たちも、近所の人たちもいるし、何時間か喋って帰る人もいれば、一日中ここにいてフラットの修繕とか手伝ってくれる人もいる。ここはみんなが集まる一つのコミュニティみたいになっている」

「じゃあ、ここにいる人たちは関係者だけじゃないんですね」

「みんな関係者だよ。あなただって、ここに来てくれたんだから、もう関係者だ」

ギャビーはそう言って笑った。

もしかして、自分は運動の賛同者だと思われているのだろうか、と史奈子は思った。自分はこの占拠運動を応援しているわけでもないし、支援しているわけでもない。ただ行く場所もないし、幸太があんなバカなメッセージを送ってくるからノリで来てしまっただけなのに。

「先日、ＳＫＹニュースに出ていたのは、この部屋ではなかったですよね」

「ああ、あれはここの下の階」

「建物全体を占拠したんですよね？　この建物にはいくつ住居が入っているんですか？　警察とかは来ないんですか？」

急に新聞記者の顔になって質問する史奈子に、ギャビーが言った。

「……この部屋、どう思う？　キッチンも比較的新しいし、バスルームも傷んでないでしょ。なのに、この状態で四年も空き家にされてたんだ。下の部屋は八年。ストリートにはホームレスの人たちが溢れているときに、どうしてこんな公営団地があるんだろう？」

ギャビーはそう言って窓辺に立ち、史奈子に来るよう手で促した。

「そこに、窓にベニヤ板が打ち付けられた灰色の建物があるでしょ。あれはこの公営住宅地のコミュニティセンターだった。この公営住宅地にはコミュニティセンターが二カ所にあったらしい。どっちも閉鎖されてるよ。この公営住宅地で空き家にされている住居は六百戸以上にのぼる」

「……」

「なんでこんな状況を放置しておくんだろう？　役所の連中は、言ってることとやっていることの辻褄が合わない。警察は初日にやって来たよ。でも、あたしたちの平和的な占拠活動を見て回って、黙って帰って行った」

「だけど、これは違法なんじゃ……」

「警察官だってある意味ではストリートの労働者だし、実はあたしたちの側にいるんだ。いまこの周辺で起きていることを見て、何かが狂ってると思わない人間はいない。その点では立場を超えて気持ちは同じだよ」

史奈子は混乱していた。法と秩序を守るはずの警察官が、不法占拠の現場を見物して帰ったってどういうことなんだろう。立場を超えて同じ、なんて、警察は何があっても立場を超えちゃいけないはずだ。

史奈子はギャビーに礼を述べて建物の外に出た。

いろんなことが腑に落ちなかった。

フレンドリーなユートピアみたいな場所ではある。だけど、どうしたってこれは違法行為だ。

ギャビーに教えてもらった地下鉄の駅の方向に歩き出すと、バッグの中でスマホのメッセージ着信音がした。出して見てみると、また幸太からの新着メッセージが表示されていたので、史奈子は思わず立ち止まった。

今度は漢字とカタカナも混ぜて、こう書かれていたからだ。

「さっきはゴメン。来週会おう」

いきなりのSOS

先輩駐在員たちがランチの時間に合わせるように取材とか記者会見とか用事を作って外に出て行った後の事務所で、外出ラッシュに乗り遅れた史奈子はぼんやりとパソコンのスクリーンを眺めていた。このまま所長と事務所に残るのも嫌だった。具体的に何か言われたりするわけではないが、新スタッフの面接の一件以来、露骨に無視されるのが気まずい。だから、やっぱり外に出ようと決めてパソコンを閉じたとき、パーティションの向こう側からリンダが叫んだ。

「史奈子、テレフォン！」

「誰から？」

机の上の電話の内線ボタンが緑色に光っている。

リンダはいつも先方の名を教えてから電話を回してくれるので、史奈子は反射的にそう尋ねた。が、リンダは答えなかった。ただパーティションの向こう側から妙に深刻な顔をしてこちらを見ている。

「ハロー、石原史奈子です」

電話を取ると、先方はいきなり本当に深刻な名称を名乗った。

「こちらは内務省入国管理局ヒースロー空港第三ターミナル支局です」

「は？」

史奈子が電話を取ったのを見届けるようにして、リンダの頭部がパーティションの下に消えた。

「実は、今朝、東京からヒースローに到着した日本国籍の乗客が、あなたの名前と電話番号を連絡先だと言っています。コウタ・ヤマダという男性を知っていますか？」

驚いて一瞬たじろいだが、努めて冷静な声をつくって史奈子は言った。

「はい。彼は友人の一人です」

「入国カードに滞在先の記載がなく、滞在期間や帰りのチケットに関して尋ねても、「アイ・ドント・ノー」の回答しか得られなかったので、個別の審査室に来てもらいました」

「あの、彼は英語が苦手なので、質問の内容がわからないから「アイ・ドント・ノー」と言っているんだと思います」

と史奈子は言った。

「アイ・ドント・ノー」の日本語の定訳が「わかりません」になっていることの弊害は、史奈子も経験ずみだった。なんでもかんでもわからないことは「アイ・ドント・ノー」でいけるのだと思っていると、重要なことを質問されたときに大いなる誤解を生んでしまうことがあるからだ。「（あなたの英語が）わかりません」と言っているつもりでいても、「（入国後の滞在先は）知らない」「（滞在期間は）知らない」と言っていると思われ、それを繰り返すと「知ったこっちゃない」という横柄な態度を取っているようにすら取られてしまう。

「では、彼の滞在先はあなたの家ということでいいですか？」

と聞かれて史奈子は言葉に詰まった。そんなことを幸太に頼まれたわけでもない。が、ここでそういうことをちんたら考えて躊躇していると幸太は強制送還させられるだろう。

「はい。そうです。彼は私の住所を覚えていなかったから書けなかったのだと思います」

「では、あなたの住所と電話番号を教えてもらえますか」

しかたがないので史奈子は自分の住所と家の電話番号を伝えた。

「いつまでここに滞在予定なんでしょうか？」

「はっきりとは聞いてませんが、一カ月ぐらいだと思います」

「あなたの昼間の連絡先を教えていただけますか？」

史奈子は職場の住所と携帯の番号を告げた。

「あなたの職業は？」

「ジャーナリストです」

そう答えると、先方の物言いが少し変わった。先方は急に言葉を選ぶようになり、史奈子の協力に感謝しながら電話を切った。どうにか幸太は入国できるようだ。

しばらく経つと、幸太からスマホにメッセージが届いた。

「サンキュー！　助かった」

助かった、じゃないでしょう、こっちはあなたが今日ロンドンに着くなんて全然聞いていなかったのに、とムカついたが、史奈子はできるだけ平静を装って返事を送った。

「とりあえず、よかったね」

「これから宿を探す。迷惑はかけない」

珍しくしおらしい幸太の返事に史奈子は戸惑った。そもそも、入国審査で引っかかるぐらい英語がわからないくせに、ホテル探しなんて至難の業だろう。彼の性格から考えて、前もって安い宿をチェックしたり、最寄りの駅に地下鉄でどう行けばいいのかなんて予習してきたはずもない。海外は日本みたいに甘くないということをわかってないから、いろんなところでぼったくられて、最後にはやっぱり自分に頼ってきそうな気がする。

「うちに来る？」と、史奈子はため息をつきながら送信した。

「いいの？」とすぐ返信が来た。

「入国管理局が調査に来るかもしれないし。うちにいることになっているんだからそうすべきだと思う」

そう、自分はジャーナリストなんだから、内務省に虚偽の申請をしたとわかったりしたら大変なことになる。史奈子はきりっと顔を上げて自分にそう言い聞かせた。が、それは自分に対する言い訳だということも知っていた。

要するに、幸太を放っておけないのだ。

史奈子は机の上に頭をうなだれ、邪念を振り払うように首を振った。これは幸太がロンドンにいる間の、ほんの一時的な緊急処置だ。言葉の通じない、見知らぬ国に来た友人のSOSに応えるための人助けなのだ。

いくつかのメッセージのやり取りの果てに、史奈子と幸太はロンドン・ブリッジの駅で落ち合うことになった。

史奈子は急な取材の用件が入ったからとリンダに告げ、バッグと上着を手に事務所を後にした。

ロンドン・ブリッジの地下鉄の駅の出口に着くと、すでに幸太が柱のそばに立っているのが見えた。大きなバックパックを背負い、所在なさそうにしている。「The Shard, HMS Belfast と書かれた方の出口」とメッセージに書いたものの、広い駅だから迷うのではないかと思ったが、ちゃんと行き着いたらしい。彼はこういうところだけは動物的な勘が働く。

「早かったね。もっと時間がかかると思ってた」

いったん事務所から自分のフラットに戻り、急いで片付けてから来た史奈子は息を切らしていた。

「するする来れたもん。さすがロンドン地下鉄っていうか、東京に比べると乗り換えもめっちゃわかりやすくてクリアだよね」

幸太はそう言って笑っている。前より痩せて頬がこけ、髪も伸びっぱなしだった。イエス・キリストか又吉直樹かって感じの風貌だ。黒いパーカーに黒いジャケット、黒いジーンズと相変わらず黒ずくめなのだが、ロンドンの風景に違和感なく馴染んでいる。とてもこの国に着いたばかりの人には見えない。どっちかというと、幸太は日本の街の中でのほうがはるかに浮いて見える。

そんなことを考えながら史奈子が幸太を見ていると、目を細めて柔らかく微笑みながら幸太が言った。

「史奈子、変わらないね」

「そう？　うん、そうかも……、こっちにいたって同じ会社で同じ仕事をしているからね。人間なんてそう変わるものでもないでしょ」

史奈子はそう答えて、幸太の前に立って歩き始めた。とりあえずテムズ川沿いのレストランを予約しておいた。前においしいラビオリを食べたことのあるイタリアンの店だ。店に着くと、窓際の明るい席を案内された。史奈子と幸太は白いテーブルに向かい合って椅子に座る。

幸太はきょろきょろ店内の様子を窺っていたが、すぐメニューに目を落とし、「ひゃー、やっぱぜんぶ英語なんだね」とか言って喜んでいる。右も左も言葉もわからない国に来て、どうしてこんなに子どもみたいにワクワクできるのだろうと史奈子には不思議に思えた。ウエイターが注文を取りに来ると、幸太は、

「俺はスパゲティ・カルボナーラね」

とへらへら笑いながら日本語で言った。史奈子が急いで英語で言い直そうとすると、ウエイターは「ＯＫ。カルボナーラ」と小さなメモ帳に書き込んでいる。

なんだろう、この態度。ふつう、日本人は英国に来ると、例えば日本から来る出張の記者とかでも、こういうレストランに一緒に来ると、史奈子に注文を頼むか、それか一生懸命に強張（こわば）った声で注文し、相手からさらに何かを質問されるともう自信を木っ端みじんに破壊されたような混乱した表情で史奈子に助けを求める。まるで英語という針がびっしりついた筵（むしろ）に無理や

り座らされているみたいなのだ。

それなのに、こんなふうに日本語で堂々と注文する人を史奈子は初めて見た。

「オーッ、ユー、アンダースターンド？」

幸太は嬉しそうにウエイターに言った。金髪の長い髪をきゅっと後ろで一つにまとめ、金縁のウェリントン眼鏡をかけたウエイターが、

「Yes, I understand English.」

とジョークを飛ばすと、幸太はいよいよ楽しそうに笑いながら両手の親指を突き立てて見せた。

史奈子が流暢な英語で自分のラビオリと飲み物を注文すると、ウエイターはまず二人分のビールを運んできた。

幸太とグラスを合わせて乾杯しながら、史奈子は奇妙な感覚に陥っていた。こんなところに幸太と一緒に座っているのが信じられなかった。夢か何か見ているようだ。とはいえ、別にこんな日を夢見ていたとかいうわけではないが。

アルコールが入ると史奈子は幸太を質問攻めにした。そもそも、どうやって資金を都合してきたのかわからなかったし、もっと言えば、何のために彼がここにいるのかも不明だったからだ。

幸太の説明によれば、渡航費用は『標榜』という極左誌の編集部が行っているクラウドファンディングで賄われているらしい。それは「世界中のラディカルな社会運動を取材する資金」

という名目で行われている募金で、たまに『標榜』に論考を書いている幸太がロンドンの公営住宅地占拠について書きたいと言ったら、その中から旅費を出してくれることになったという。『標榜』の編集部員や読者の年齢層は高く、彼らの中には「スクウォッティング」という言葉に懐かしみを感じて反応している活動家もいるらしい。ぜひ取材してきてくれと依頼されたそうだ。往復の航空券も編集部が手配してくれたという。

だったら帰りの便のeチケットを受信メールの中から探して入国審査官に見せたら揉めることもなかったのに、と史奈子が言ったら、そもそも何を求められているかわからなかったと幸太は答えた。

「帰りの飛行機の日付を正確に覚えてなかったから、滞在期間が書き込めなかったし、宿は着いてから探そうと思ってたから、入国カードに書けなかったんだ」

「でもそういうのが、審査官が一番知りたい情報なのよ」

「他の質問はぜんぶ真面目に埋めたんだけどね」

「……職業欄には何て書いたの？　まさか「無職」なんて書いてないでしょうね」

「いくらなんでも、そんなことは書いてないよ。それはさすがにヤバいってわかるから」

「じゃあ、何て書いたの？」

「アクティヴィスト」

史奈子は思わずビールのグラスを取り落としそうになった。

「本気でそんなこと書いたの？」

「うん」

幸太はへらへら笑っている。

このイエス・キリストへアと黒ずくめの服装で、英語もわからないくせに妙にふてぶてしい態度の男がそんなことを書いたら、そりゃ怪しい人間だと思われるに決まっているではないか。

史奈子が呆れて言葉を失っている間にスパゲティ・カルボナーラが届き、幸太がずるずる音をさせて食べ始めた。

なんだか新宿あたりのファミレスにいるような錯覚に陥った。

まったく、あっぱれなほど幸太はどこにいても変わらないのだった。

スクウォッティングだぜ、ベイビー

スパゲティを食べ終えると、さっそく公営住宅地の占拠現場を見に行きたいと幸太が言い出した。もう少しビールを飲んでゆっくりするとか、テムズ川のほとりを散歩するとか、幸太のことだから初日はのんびりするんだろうと思っていたので史奈子は驚かされた。

「占拠地を見るために来たんだからね。できるだけ現場にいたほうがいいもの書けると思うし」

などと、らしくもなく勤勉なことを言っている。

幸太は目をきらきらさせてE15ロージズのメンバーたちに会いたがっていた。史奈子がすでに現場を視察済みで、メンバーの一人と話したなどと言ったものだから、余計に気持ちが盛り上がってしまったらしい。

史奈子と幸太はロンドン・ブリッジ駅まで戻り、史奈子がタクシーを拾おうとすると、幸太はそれを止めた。

「え、俺、地下鉄に乗りたい。ロンドン・アンダグラーンドのほうが格好いいじゃん」

旅行者はそうかもな、と思い直し、史奈子もそれにつき合うことにした。が、どの路線で行けば占拠現場の最寄りの駅に辿り着くのかわからない。構内の壁に掲示してある路線地図の前で立ち止まってチェックし、幸太を先導してプラットフォームに降りて行こうとすると、

「いや、あの路線地図によると、この色の電車じゃなかっただろ。ここ降りて行ったらまずくない？」

と、逆に旅行者から突っ込まれた。

幸太の指摘のほうが正しく、ようやくプラットフォームに辿り着いて列車に乗り込んだとき、幸太が史奈子に言った。

「あんまり地下鉄、使ってないんだ」

「うん。出勤するときは使ってるけどね。取材とか、仕事で移動するときはタクシーに乗っちゃうから」

「日本を代表する大新聞の記者が、そのようなことではいけませんな。現地の人々の生活が見

えるのはこのような庶民的空間でしょうが」

幸太はにやにやしながら言った。

史奈子は幸太のほうを一瞥し、正面を向いた。地下鉄の列車の窓に、並んで座っている自分と幸太が映っている。自分の隣にはきゅっと髪をひっつめにしたエレガントな若い黒人女性、幸太の隣にはスマホで何かをチェックしているビジネスマン風の白人男性が座っている。自分たちの斜め前に立っているのはヒジャブを被った女性たち。彼女たちの会話に耳をすませば、最近スーパーの食料品の値段が急に上がったとか、3フォー2（二個買ったら三個目は無料）の特売が減ったとか喋っている。

確かに幸太の言うとおりだった。駐在員として英国に関する記事を日本に書き送っているくせに、こういう人たちと話す機会はおろか、会話を耳にする機会すら史奈子にはない。……社会部の記者なのに。史奈子は少し反省した。

地下鉄の乗り換え地点も、駅からの道のりも、史奈子より幸太のほうが把握していた。占拠現場への行き方だけはしっかり飛行機の中で予習してきたらしい。

興味のあることには全力集中するが、それ以外のことは呆れるほど適当になる幸太らしかった。

結局、日本から来たばかりの幸太が先導する形でウッドワーカー公営住宅地に着いた。色とりどりのバナーやのぼりがはためく占拠現場が見えてくると、幸太は「おおー」と声を上げ、子どものように両手を高く挙げた。占拠されている建物の前には、先週史奈子が来たときより

好評の既刊

＊印は6月の新刊

子どもをおいて旅にでた
杉山亮
児童文学者として知られる著者が33歳のとき、家族（妻と2人の子）を置いて突然の一人旅に出る。その旅の意義とは?!（椎名誠・新沢としひこ）
43893-5 946円

砂丘律
千種創一　伝統と革新がしなやかに交わりあう新世代短歌の傑作、文庫化‼
43836-2 880円

人間の解剖はサルの解剖のための鍵である 増補新版
吉川浩満　結局、人間とは何なのか? 知ることの〈喜び〉に溢れた本
43834-8 1320円

O・ヘンリー　ニューヨーク小説集　街の夢
青山南＋戸山翻訳農場 訳　「賢者の贈り物」含む23篇を収録！
43850-8 1100円

小さいコトが気になります
益田ミリ　どーでもいいこと、確認中！
43855-3 660円

生きていく絵●アートが人を〈癒す〉とき
荒井裕樹　堀江敏幸氏、柴田元幸氏、川口有美子氏推薦！
43856-0 990円

十六夜橋 新版
石牟礼道子　紫式部文学賞受賞の傑作、待望の復刊！
43860-7 1100円

82年生まれ、キム・ジヨン
チョ・ナムジュ　「これは、わたしの物語だ」
43858-4 748円

地理学者、発見と出会いを求めて世界を行く！
水野一晴　アフリカ、南米、ドイツ…調査旅行は冒険に満ちている！
43805-8 990円

しかもフタが無い
ヨシタケシンスケ　デビュー作を文庫化！
43875-1 880円

できない相談●piece of resistance
森絵都　描き下ろし2篇を加え、待望の文庫化！
43867-6 748円

風流江戸雀／呑々まんが
杉浦日向子　たのしい。おいしい。ほほえましい。
43873-7 858円

日本人宇宙飛行士
稲泉連　宇宙体験でしか得られないものとは?
43874-4 858円

台所から北京が見える●36歳から始めた私の中国語
長澤信子　36歳で中国語を始め、40歳で通訳に！ 語学の名著
43880-5 924円

牧野植物図鑑の謎●在野の天才と知られざる競争相手
俵浩三　朝ドラで注目！
43885-0 880円

＊**身近な植物の賢い生きかた**
稲垣栄洋　クセが強いが頭のいい植物たちの生存戦略
43878-2 858円

＊**ロシア語だけの青春**
黒田龍之助　一人の高校生が人気語学教師になるまでの青春記
43889-8 902円

6桁の数字はISBNコードです。頭に978-4-480をつけてご利用下さい。

も多くの人たちが集まっていた。芝の上に座り込んで喋ったり、ピクニックのように敷き物を敷いて日なたぼっこしたりしてのどかな雰囲気だ。

「いいねー。これぞ占拠現場って感じ」

幸太は嬉しそうにそう言って、「ハロー」と愛想よく座っている人たちにどんどん声をかけていく。それで相手から何かを聞かれると、きょとんとした顔で史奈子を見て、

「何て言ってるの？」

と言うから、知らない間に史奈子は通訳になっていて、幸太と彼が出会う人々との会話を成立させているのだった。幸太はソーセージロールを食べさせてもらったり、タバコを貰ったりしてすっかりその場に溶け込んでいた。彼が日本から占拠の現場を見に来たのだと知ると、迫力のある外見の背の高い女性が、一緒に建物の中に来いと幸太を誘った。

史奈子は彼女に見覚えがあった。ピンクの髪を逆立てて革のライダースジャケットを着たその初老の女性は、最初に史奈子がテレビでE15ロージズを見たときに、演説していたリーダーの女性のそばにいた。インパクトの強いルックスだったのでよく覚えている。

「あたしはローズ。あんたは？」

彼女が右手を出すと、幸太はそれを握りながら言った。

「マイ・ネーム・イズ・コータ」

「初めまして、コータ。それと……？」

ローズという女性は史奈子にも右手を差し出した。

「シナコです。お会いできて光栄です」

「じゃ、行こうか」と立ち上がって、ローズがフラットの建物に向かって歩き始めた。幸太と史奈子も立ち上がり、それに続く。彼女の後からフラットの階段を上っているとき、幸太が史奈子に言った。

「このおばちゃん、やたらハードボイルドで格好いいなー。英語うまいし、クールで痺れる」

「そりゃ英語うまいに決まってるでしょ、イギリスの人なんだから」

「アクション映画に出て来そうなキャラだよね。ほら、誰だっけ、頭の禿げた有名な俳優に似てる」

ブルース・ウィリスだな、と史奈子が思っていると、階段の一番上からローズが振り向いて言った。

「あんたたち、お腹は空いてないの？」

「大丈夫です。ランチを済ませてきました」

史奈子がそう答えると、ローズは二階にある住居の一つの扉を開けて二人を招き入れた。そこは前に史奈子が入ったことのある部屋だった。ローズは二人を後ろに従え、キッチンの前を通り過ぎて、奥の居間に入って行った。

ギャビーが座っている。彼女は史奈子に気づき、「ハーイ」と笑いながら、立ち上がって近づいて来た。ギャビーから、シンディというフィリピン系の長い髪の女性を紹介された。彼女も創設メンバーの一人だそうで、E15ロージズという名称の名づけ親なのだという。真っ赤な口紅が印象的な小柄な女性だった。薔薇の花が描かれた爪を見せながら長い髪をかき上げ、ちらちらと幸太のほうを見ていた。

幸太は、自分は日本の雑誌に彼女たちの運動について書くつもりだと話し（そのすべてを逐一、史奈子が通訳した）、リュックの中から『標榜』のバックナンバーを数冊出してそこにいた人たちに見せた。ウォール街の占拠運動とかスペインの15M運動の写真が表紙に使われている号を見て、E15ロージズのメンバーや、居間に座っていた賛同者たちが「オー！」とか言って興味深そうに手に取って眺めていた。

『標榜』の思想的な方向性が、占拠地の人たちに受け入れられたのは明らかだった。おかげで幸太は、渡英初日にして早くもリーダーのインタビューを行う約束を取り付けたのである。リーダーの女性は、今日はテレビ局のディベート番組に出演とかで留守だったが、ギャビーが彼女のスケジュールを管理していて、空きのある日にちに幸太の取材を入れてくれたのだった。

占拠現場を後にし、地下鉄で史奈子の家に帰り着くと、幸太は居間のテーブルの上にパソコンを置いて、いま見てきたことを夢中で書き始めた。彼がフラットに着いたら、部屋の中を案内したり、ベランダでビールを飲んだりして旧交を温めることを想定していた史奈子には肩透かしだったが、幸太は熱に浮かされたようにキーボードを打ち続けている。

史奈子はソファの背後からそっと幸太のパソコンのスクリーンを覗いてみた。一行目の太字の言葉が目に入った。

「スクウォッティングだぜ、ベイビー」

『標榜』の論考のタイトルがこれでいいのだろうかと史奈子は思った。

マイ・ネーム・イズ・コータ

翌朝、史奈子が仕事に出かけるときには、幸太は死んだようにソファで寝ていた。そもそも成田からの飛行機の中で全然眠ることができなかったと言っていたし、夕べ史奈子が寝室で眠ってからもソファに座って執筆作業に熱中していた。

どんな物音にも動じず、子どものような顔で眠りこけている幸太を見ていると、一緒に暮らしていた頃を思い出す。あの頃も、史奈子は眠っている幸太を部屋に残して、毎朝仕事に出かけたものだった。

幸太を起こさないように支度し、こっそり家を出た史奈子だったが、午後三時に幸太からスマホにメッセージが届いた。日本時間だと午前七時になる。時差ボケで、ようやく目が覚めたのだ。

「おはよ。スクウォッティング現場に行ってくる」

E15ロージズのリーダーとのインタビューは明日だったはずだが、と思いながら、史奈子は返事をタイプした。

「わかった。ごはんは?」

でも、もう一緒に暮らしている恋人同士ではないのだから、ごはんの心配はいらないかと思い、「ごはんは？」の部分を消した。

その晩、幸太が史奈子のフラットに戻って来たのは、午後十時過ぎだった。史奈子はいちおうオムライスをつくって冷蔵庫に取っておいたのだが、幸太は初めて本場のフィッシュ&チップスを食べたとか言って上機嫌だった。

「あのローズっていうかっこいいおばちゃんが奢ってくれた。っていうか、正確にはおばちゃんの彼氏なのかな？　ロブっていう、体の大きな目つきが怖いおっさんが買ってきてくれたんだけど。「アイ・アム・アナキスト」って言ったら、「ミー・トゥー」とか言って、やたら気に入られちゃって」

英語がわからないわりにはそれなりに現場でコミュニケートできているらしく、幸太は楽しそうに話を続けた。

「今日は壁紙の貼り替えを手伝ってきた。壁紙とかペンキとか、便器とか、ボロボロになってる部屋の写真をネットに投稿すると、寄付が来るみたい。で、遊びに来てる人たちが修繕を手伝う。凄いよ、サポートのネットワークが、ほんと凄い」

そう言って幸太はソファに座り、パソコンを立ち上げる。

「なんか、近所に配管工のじいさんが住んでて、ちゃっちゃっと慣れた手つきで便器を取り換えてた。年食ったラスタマンって感じで、派手なオレンジ色のニット帽被ってきてさあ、ふんふん鼻歌うたいながら工事をやっちゃうんだけど、めっちゃクールで、タランティーノか何かの映画見てるみたいだった」

幸太はジーンズのポケットからスマホを出して、ラスタマンと一緒に写ったセルフィーを史奈子に見せた。肩を抱き合って二人ともにかっと笑い、なんだかむかしからの知り合いみたいだ。

「あの現場、最高〜。俺、帰りたくない」

最初に一人で占拠現場を見に行った時、ここは幸太の世界だと史奈子も直感したが、イギリスに到着して二日目にして幸太は占拠地に馴染みまくっている。

「ファッキン・ヘル！　ユー・バスタード」

なかなか立ち上がらないパソコンに幸太が悪態をつく声が聞こえてきた。早くもこんな英語の言い回しまで現場で拾ってきたらしい。

「とにかく、たくさん人が集まって来てだらだら喋ってるんだけど、何か困ったことがあったら必ず誰か何とかできるやつがいて、勝手に立ち上がって助け合う感じがすげーいい。そういえば、芝の上にテントも立ったよ。ほら、学校の運動会でお偉いさんとかが座っていたような、けっこう立派なテント。中にテーブル置いて、紅茶とかコーヒーとかのポットがあって、みんな勝手に飲んでる」

幸太は興奮気味に熱く喋りまくっていたが、パソコンが立ち上がると、急に黙ってパソコンに文字を打ち込み始めた。すごい速さでキーボードを打っている。よっぽど書きたいことがあるに違いない。

史奈子はキッチンの対面式カウンターの内側に立って、居間で書きまくる幸太の姿をじっと見ていた。なんだか自分だけ置いてけぼりにされた感じだった。

次の日は幸太がE15ロージズのリーダーであるジェイドにインタビューをする日だったので、史奈子はオフィスの予定表ボードに「取材」と書き、午後からは外出のマークにしておいた。別に幸太に通訳を頼まれたわけではなかったが、史奈子がいなければ幸太とジェイドは会話できない。

「時間になったら現地に行きます。事務所のボイスレコーダーを持っていくね」

幸太には事務所からそうメッセージを送っておいた。朝、家を出るとき、幸太は例によってソファで熟睡していたからだ。

ランチタイムに事務所を出た史奈子は、地下鉄に乗ってウッドワーカー公営住宅地に向かった。占拠現場の最寄りの駅で降りて改札を出ると、駅のキオスクの壁にいきなりE15ロージズのポスターが三枚並べて貼られているのを発見した。

WE SUPPORT E15 ROSES

そう書かれたA3大のポスターには、薔薇を一輪握った拳の絵が描かれている。

駅の周りにあるカフェや店の窓にも同じポスターが貼られていた。占拠運動の支持者が公営住宅地の外にも広がっているのだ。

初めて占拠地を見にきたときの、タクシーの運転手のことを史奈子は思い出していた。E15

ロージズが一般庶民にこれほど支持されるのが史奈子には不思議だった。違法行為に過ぎない公営住宅のスクウォッティングを、カフェや商店で働いたり、タクシーを運転して生計を立てているふつうの人たちが応援するのである。これはどうしてなのだろう。先進的な思想を持つ幸太のような極左は別として、市井の人々がこういう過激な運動を後押しする理由がわからなかった。この運動が人々の心に入り込んでいくのはなぜなのか、それが知りたいと史奈子は思った。

駅からの道のりを歩いて占拠現場に辿り着くと、前に来たときより、さらに多くの人が集まっていた。幸太は建物の前に立てられたテントの中でコーヒーをいれている。白いバンから資材らしきものを出し、建物の中に運び入れている人もいた。建物の修理工事が進んでいるようだ。

「史奈子！　こっち、こっち」

満面の笑みで幸太が言った。隣に立っているフィリピン系のシンディという長い黒髪の女性も史奈子のほうを向いて微笑している。いやになまめかしいピンク色の口紅が光っていた。

「ありがとね」

と、テントから出てきた幸太は邪気のない顔で笑った。

「どこで取材するの？」

「今日は下の階の部屋みたい。じゃ、さっそくだけど、もうすぐ時間だから、行こうか」

フラットの建物の入口に歩いて行く途中で何人もの人とすれ違ったが、そのたびに幸太が

「ハーイ」と親しげに挨拶を交わしている。まだ史奈子は入ったことのない一階の住居のベルを鳴らすと、中からギャビーが出て来た。

「ああ、インタビューだよね」

「イエス！」

と元気よく幸太が答える。ギャビーに迎えられて中に入ると、ここはメンバーたちが寝泊りしている住居らしく、一般の人々に開放されている二階とは違い、ひっそりとして静かだった。ジェイドは、キッチンのテーブルの椅子の一つに腰掛けて待っていた。史奈子も幸太も、スピーチしている彼女の映像をネットやテレビのニュースで何度も見ていたので、一目でわかった。

「ハイ」

と言って、恥ずかしそうに立ち上がったジェイドは、映像や写真で見るよりずっと幼く感じられた。拍子抜けするぐらい素朴な感じの、ちょっと気弱そうな印象すら抱かせる若い女性で、スピーチしているときの自信に満ちた迫力はまるでなかった。

「どうぞ、座ってください」

ジェイドがそう言い、ギャビーはキッチンから出て行った。

「マイ・ネーム・イズ・コータ」

幸太はそう言って右手を差し出し、ジェイドと握手した。史奈子も自己紹介をして、握手を済ませてから、幸太は日本の政治・思想誌の取材でここに来ていることや、この運動を率いているジェイドへのインタビューを切望していたこと、そして、幸太自身も日本で様々な運動に関わって来た経歴を持ち、ヒースロー空港で入国カードに「アクティヴィスト」と書いたバカタレだということをジェイドに説明した。

英語の内容は理解できなくても、なんとなく自分のことで笑いを取れたとわかったのだろう。幸太は「ははは」と言ってぼりぼり頭を掻きながら椅子に座った。史奈子も彼の隣に座って、ジェイドに許可を取ってからボイスレコーダーのスウィッチを入れた。

「レッツ・スタート!」

という元気のいい幸太の声が部屋に響き渡った。

占拠という方法を思いついたきっかけは?

私たちには住む家がありませんでした。シェルターから退去しろという通知を受け取ったときに、区長と面会したり、ロンドン市長に嘆願書を渡したり、上の人たちを動かしてなんとか私たちの状況を変えてもらおうと思いました。だけど、彼らは何もしませんでした。

だったらもう自分たちでやるしかないと気づくまでにそう時間はかかりませんでし

た。ここの公営住宅地のほとんどが空き家で放置されていると知ったのは、そんなときでした。まるでロンドン自体が抱えている問題を象徴するような場所だと思いました。家賃が払えなくなってホームレスになったり、北部に引っ越したりする人たちが増えているときに、ロンドンの中に大量に放置されている空き家がある。「私たちは子連れで路頭に迷おうとしているのに、どうしてここに住めないんですか？」という素朴な疑問を投げかけたかった。その疑問を聞いてもらうために、占拠ほどインパクトのある方法はないと思いました。

ここまで注目を集める運動になると思っていましたか？

まさか日本のメディアから取材が来るようになるとは思いませんでした（笑）。インターネットで動画や記事を見て、世界中から支援のメッセージが届いています。だけど、実のところ、もっと驚いたのは、ネットじゃなくてリアルの、地元に根を張った支持が広がっていることです。たとえば、このあたりの商店の多くが、私たちの運動のポスターを貼ってくれている。食料や玩具や寝具、子ども服など、差し入れも山のように届いていて、使いきれないので慈善団体に取りに来てもらっているほどです。

どうしてそんなに支持されているのでしょう？

住宅危機の問題が、ロンドンでは本当に深刻化しているからだと思います。驚いたことに、この公営住宅地に現在も住んでいる人たちがこの運動を熱く応援してくれています。占拠初日に、区役所までみんなでデモ行進をしたのですが、この公営住宅地に住んでいる人々の多くが参加して、一緒に歩いてくれました。その姿を見ていると、ちょっと胸がいっぱいになって泣きそうになった……。私は最初、心配していたんです。この占拠運動は、ここに住んでいる人々には支持されないのではないかと。でもまったく正反対のリアクションが来たので、驚いたし、「捨てたもんじゃないな」と個人的にも思いました。

何が捨てたもんじゃなかったのですか?

私たちには立場の違いがあっても、同じ目的のために闘えるということです。人種とか、年齢とか、家族構成とか、ジェンダーとか、働いているとか無職とか、そういうことは関係なく、同じ目的のために集まって闘い、助け合ったりできる。私はそんなことは無理だと思っていました。だから、私が誰よりも目を覚まされました。

すでに占拠地でいろんな助け合いが始まってますよね。

いまは古い住居の改装や修繕作業をみんなでやっています。プロの人たちも助けてくれるのです。この公営住宅地に住んでいる配管工の方がいて、配管工事のやり方を教えるレッスンも始まりました。区長は、「この公営住宅地が空き家だらけになっている理由は、維持可能ではないからだ」と言いました。修繕が必要な住宅だらけで、これだけの人々が集まって修繕を手伝ってくれています。でも、私たちが声をかけただけで、区の財政では賄うことができないからだと。どうして区の財政で修繕できないから誰も住まわせない、という考え方になるのでしょう。開放してくれたら、住みたい人や手伝いたい人が集まって、みんなで力を合わせて修繕して住むのです。こうした協力は無料です。私たちに修繕と改装工事をさせてくれたら、再びこの公営住宅地は生き返るし、たくさんの人に家を提供することができる。

あなたたちに批判的なことを言う人たちもいますよね。お偉いさんたちとか。

地方議員の一人が、私たちの運動を「煽(あお)り屋と取り巻きたち」と呼びました。イブニング・スタンダード紙は、「活動家たちにハイジャックされた運動」と書いていました。

若い母親たちが自分たちで運動なんてできるわけがないと思っているとしたら、ずいぶんと上から目線の考えですね。市井の人間を見くびらないでいただきたい。

ボリス・ジョンソン市長が、家賃が月に二千八百ポンドだったら、ロンドンでは「手頃」かつ当たり前と見なされるべきと言っている記事を読みました。これは日本円に換算するとものすごい金額になるのですが（※一ポンド百六十円換算で四十四万八千円）、これについての見解を聞かせてください。

「手頃な家賃」と見なされる基準は、市場における平均家賃の八〇％以下と定められています。それが二千八百ポンドだったら、ロンドンには労働者階級の人間は住めないということです。私は保育士でしたが、週給は三百ポンドでした。ジョンソン首相の言う「手頃」な家賃は月給の二倍以上になります。ロンドンには保育士はいらないのでしょうか？

ジョンソン市長にしろ、区長にしろ、さっきの話に出た地方議員にしろ、あなたたちを批判しているのは三人とも男性です。議会政治の場で男性が幅を利かせているのに対し、草の根の運動を引っ張っているのはあなたたちのような女性です。これはどうしてなのだと思いますか？

貧困の問題に関しては、多くの場合、女性のほうが男性よりも苦しんでいるからです。そしてそれは、女性は出産をして子どもができると、自由に働くことができなくなるからです。だから女性のほうが国の制度に頼らねばならないことが多い。住宅問題で困難に直面するのも、子どもを抱えた女性たちのほうが多い。女性たちは、一人一人で壁にぶつかって苦しむ中で、構造的な貧困は一人ではどうにもできない問題なんだと気づき、一緒になんとかしようとするから、このような運動になっていくのだと思います。

これからこの運動はどうなるのでしょう？

とりあえず、占拠地からの退去命令が出ていますので、裁判で区と争うことになります。私が出廷します。私たちの運動に早くから賛同し、いろいろなところで紹介してくれたコメディアンのラッセル・シャープが、当日、カメラクルーを連れて取材に来ると言っています。彼もロンドンの公営住宅地の出身なので、私たちの運動を他人事とは思えないそうです。彼は私たちの同志です。

とにかく、六百戸も空き家のまま放置されているこの公営住宅地を、住む家のない人々に開放することと引き換えでなければ私たちは退去しません。区が自分たちがやっていることの間違いを認めるまで引き下がるつもりはありません。

私たちには住む家が必要で、空き家には住む人が必要なのです。

俺、シスターズになりてえ

幸太がまとめたインタビュー記事を読み、史奈子はすぐに英訳作業に入った。ジェイドに確認してもらうため、英訳が必要だからだ。

史奈子は自宅の対面式カウンターの椅子に座り、幸太は居間のソファに座って、それぞれパソコンにむかっている。正直、史奈子にとっては、職場で追いかけている英国のサッカークラブの日本人選手の話題などより、幸太を手伝っているほうがずっと面白かった。

「議会政治の場で男性が幅を利かせているけど、草の根の運動を引っ張っているのは女性だ」と幸太が言ったとき、通訳しながら史奈子はハッとした。自分は女性だけど、こんな質問を思いついただろうかと思ったからだ。

よく考えてみれば、史奈子が働いている事務所の構図だって同じなのだった。上のほうで物事を動かしているのは所長や男性の先輩記者たちで、自分やリンダは周縁に追いやられ、彼らが話し合って決めたことを知らされるだけだ。

もしかしたら自分は、事務所における男女の非対称の構図を、そういうものだと諦めて受け入れてしまっているのではないか。

波風を起こしたところで何も変わらないと思っているから、黙って我慢する。我慢しているうちに疑問も感じなくなる。だからいつの間にか、自分も草の根の側に立っている意識すらなくし、当事者としての感覚が消え失せてしまう……。

幸太が居間のソファから立ち上がり、キッチンの冷蔵庫のほうに歩いて行って、扉を開けた。

「ウッジュー・ライク・ビア？」

なぜか英語で幸太が聞くので、史奈子も英語で答えた。

「イエス・プリーズ」

幸太からギネスの缶を受け取った史奈子が、笑いながら言った。

「Would you なんていきなり上品な英語を使ってどうしたの」

「今日、通訳してくれたときに何回も史奈子が言ってたじゃん。だから覚えちゃった」

プシュッとビールの缶を開け、幸太は一口飲むと、ジーンズのポケットからスマホを取り出してスクリーンに指を滑らせた。

「ジェイドのインタビュー記事をまとめていたとき、頭の中にエンドレスでこの曲が鳴ってた」

幸太のスマホからリズミカルなギターのイントロが流れ出し、伸びのある女性のボーカルが聞こえ始めた。ユーリズミックスとアレサ・フランクリンの『Sisters Are Doin' It For Themselves』だ。

アニー・レノックスとアレサが一緒に歌うサビの部分を気持ちよさそうに熱唱しながら、腰をくいくいっと動かして幸太が踊り始めた。

「女になりてえー」

「?」

史奈子はパソコンのキーボードを打つ手を止め、しげしげと幸太の顔を眺めた。

「ローズもジェイドもギャビーも、あそこのシスターズ、マジでクールすぎ。かっけーよー。俺も、女になりてえ」

史奈子はふと思った。幸太がインタビューのとき「女性が草の根の運動を引っ張ってる」とか言い出したのは、フェミニズム的な視点を盛り込んで、というより、この「シスターズ、格好いい」という素朴でダイレクトな感慨のせいだったのではないか。

幸太は左手で缶を握り、右手で空をパンチして踊りながら居間に戻り、再びソファにどっさと腰掛けた。そして、パソコンで自分の原稿を読み直しながらにやにや笑っている。

あんな満足そうな顔をして自分の書いたものを読み直すことが自分にもあるだろうか。

史奈子はそう思った。少なくとも、そんなことをしたのがいつだったか、もう史奈子には思い出せない。

出たとこ勝負でなんとかなる

　週末になっても幸太は占拠地に通いづめだった。せめてバッキンガム宮殿を見に行くとか、コベントガーデンを散策するとか、せっかく英国にいるのだから観光もしたいだろうと思っていたが、そんなことにはまったく関心がないみたいだった。

「タワーブリッジとか、ビッグベンとか、見ておかなくていいの？」

「だってそんなの、ネットにいっぱい写真があがってるし、なんならYouTubeに動画もあがってるよ」

「そりゃそうだけど……」

「そんなことより、占拠地のほうが面白い。あそこで起きていることは、ネットでは絶対に見られないし、体験できないから」

　勤務中、パーティションで机が隠れていることをいいことに、土、日の観光プランを練り、オックスフォードやコッツウォルズにも足を延ばすつもりで電車の時間までチェックしていた史奈子だが、幸太がそんなふうにきっぱり言うので諦めた。そして週末が来ても例によって何の予定もなかったので、なんとなく幸太について占拠地に行くことになった。

　土曜日は学校や会社が休みということもあり、占拠現場にはさらに多くの人たちが集まっていた。カメラで撮影しているグループも複数ある。それも、よく見ていると英国のカメラクルーだけではなく、カメラに向かってスペイン語で喋っているアナウンサーみたいな若い女性もいた。

中学生か高校生ぐらいのティーンも今日は多く来ていた。ゴスっぽいファッションでグリーンや紫に髪を染めた子どもたちもいれば、ギークっぽい地味な格好をした子どもたちもいる。テカテカした素材のジャージの上下に身を包んだ公営団地ラッパー風の子どもたちのグループもいた。ふつうなら、週末に一緒に遊んだりすることはないのではないかと思うような、様々なクラスタの十代の子どもたちが占拠地を見に来ているのだ。

不思議な光景だと史奈子は思った。通常、こういう政治的な活動に加わるティーンたちは、どちらかといえば真面目そうな感じの子どもたちであり、不良っぽい派手な子たちは見かけない。「チャヴ」と呼ばれる公営団地ジャージ系は特にそうだ。でも、ここには、ありとあらゆるタイプのティーンがいる。この子たちがこの占拠運動に惹かれる理由は何なのだろう？

史奈子はティーンたちに聞いてみたかった。でも、新聞の取材でもないのに、知らない子どもたちにあれこれ尋ねる勇気はない。

「オー、キッズ！　ウエルカム！　エヴリバディ・ウエルカム！」

史奈子がティーンたちをじっと見ながら黙って立っていると、脇から幸太がひょいと出て来て言った。

「トゥデイ、サタデイ。ソー、ゲット・トゥゲーザー」

ブロークンきわまりない英語で幸太が話しかけると、『キック・アス』のヒット・ガールみたいな紫色のおかっぱ頭をして黒い眼帯を付けたゴス少女が声を出して笑った。

喋れないくせに占拠地の人たちにどんどん話しかけて行く幸太が史奈子には羨ましい。自分のほうが言葉は喋れるのに、なぜか自分にブレーキをかけてしまう。「無理だ」と思う習性が身についている。取材でもないのに知らない人に何かを聞くわけにはいかないという思い込みは、いったいどこから来ているのだろう。

史奈子は思い切って、ヒット・ガール風のゴス少女に尋ねた。

「今日は、どこから来たの？　ロンドン市内？」

「ノー、ブライトンから来た」

相手は少しも身構えず、ごくふつうの感じで答えた。

「へえ、ブライトンはいいところよね」

「いいところだったけど、そうじゃなくなってきてる。ブライトンも駅の周辺や海辺で再開発が進んで、ジェントリフィケーションの真っ最中」

「そうなんだ。でも、なぜブライトンが？　観光地だから？」

「ロンドンからリッチ層がたくさん引っ越してきてるんだよ。週に一回とか二回とかロンドンの会社に出勤すればいい身分の人たちが、海のそばで暮らしたいとか言って家を買ったり借りたりするから、家賃がバカ上がりして、ロンドンとそう変わらないレベルになっている。英国で最も平均賃金が低い街の一つなのに、金持ちが引っ越してきて家賃や物価を押し上げている」

少女がそう話すと、隣に立っていたシド・ビシャスみたいな格好の少年も言った。

「地元の人間は、金がなければ出て行けって言わんばかりだよ。ホームレスがめちゃくちゃ増えてて、慈善団体の緊急シェルターに泊まりながら学校に来ている友達だっている」

「もうジェントリフィケーションはロンドンだけの問題じゃないよね」

ブライトンから来た五人のゴス・ティーンたちがそう言って頷き合っていると、隣にいた別のグループの一人が言った。

「それは明らかに僕たちの世代の問題でもある。このまま都市でジェントリフィケーションが進めば、僕たちは大人になっても一人暮らしができなくなる。給料より家賃が高いんだから、一生、親元から離れられない世代になってしまう」

チェックのシャツを着てダボダボのジーンズを穿き、分厚い黒縁の眼鏡をかけたギーク風の少年は皮肉っぽくこう続けた。

「だから若い世代は田舎で平和にスローライフを楽しめっていう人たちもいるけど、そういうのは上の世代の傲慢な考えだよね」

分厚い眼鏡の少年の隣に立っていたダンガリーシャツの長髪の少年がそれに同調する。

「そうだよ。自分たちだけ若いときに都会でエキサイティングな文化やライフスタイルを楽しんでおいて、若者は地方に引っ込めば家賃も安いし生活に金がかからないとか、ひどい言いぐさ」

「田舎にはアニメの専門店とかないしね」

分厚い眼鏡がそう言えば、ヒット・ガール少女も加わって来た。

「ギグとかだって田舎じゃ見れないし、クラブだってないから、人と出会えない」

「ミュージカルやダンスのステージや展覧会だって地方には来なくなってきた」

「私は演劇をやってるんだけど、オーディションだって田舎では行われないもん。チャンスは都会に転がっている」

「都市をリッチな人々に買い占めさせない運動には、僕たちティーンの未来もかかってるんだ」


黒縁眼鏡の少年が言うと、周囲の少年少女たちも一斉に頷いていた。

なんかストリートのリアルな声って感じで、久しぶりにいいインタビューが取れたじゃん、と思った後で、史奈子は気づいた。そうだった、これは仕事ではないのだった。

幸太がきょとんとした顔で見ているので、少年少女たちの言葉を日本語に訳して伝えた。

「イエス！　アイ・アンダスタンド。ビッグ・シティ、エキサイティング、ジェントリフィケーション・イズ・シット！」

やけにハキハキした大声で言いながら幸太が拳を上げると、ティーンたちも笑いながら「イエーイ」「ヒア、ヒア！」と拳を上げた。

なぜかここでも幸太は人気を集めている。もしかして、明治時代とか大正時代とかに西洋の国に渡った日本人ってこんな感じだったんじゃないかと史奈子は思った。準備もなく、予備知識もなく、出たとこ勝負で人々とコミュニケートする。それでなんとかなるのだ。幸太は実際、なんとかしている。それどころか、言葉が喋れる自分よりも容易に現地の人々と自分の間にある壁を壊して、ずんずん入り込んでいく。そんな幸太の天然の何かが、史奈子には羨ましかった。

壊れたトイレとアナキズム

史奈子と幸太が占拠地の前庭でティーンたちと話していると、建物の中からシンディが現れた。

「ハーイ、コータ！」

長いワンレングスの髪を掻き上げながら、幸太のほうに近づいて来る。ピッタリとしたスキニージーンズに胸元のあいた真っ赤なトップスを着て、スカーレット色の口紅をつけていた。史奈子は彼女が自分の前を通り過ぎるときに「ハーイ」と声をかけたが、シンディは史奈子を一瞥し、素っ気なく「ハーイ」と言ってすぐ幸太のほうに歩いて行った。

「配管工のおじいさんがレッスンを始めているから、来ない？　トイレの便器に水が溜まらなくなったときの対処法を教えてくれている」

シンディはそう言って幸太の腕に自分の腕を絡ませた。なんだかよくわからないままに「オーケー」とか言って幸太が連れて行かれている。史奈子は急いで二人の後を追った。

「トイレの便器が故障したときに修繕する方法のレッスンをやっているんだって」

史奈子は背後から日本語で幸太に伝えた。幸太が「あ、そうなんだ」と史奈子のほうを振り返る。

建物の中に入り、階段を上って通路を進んで行くと、これまで入ったことのないフラットのドアが開け放たれていた。シンディは幸太を連れてずんずん中に入って行く。廊下の突き当りにあるバスルームには何人もの人がすずなりになって立っていて、便器の脇に、史奈子が前に写真で見たラスタマンが立っていた。便器のタンクの蓋を開けて中を見せながらその構造を解説している。

「すんげー、こういう講座ってめちゃくちゃ現実的に役に立つ。マジでこれ、アナキー」

故障したトイレを修繕する方法を教わることのどこがアナキーなのか史奈子にはわからなかったが、とりあえず、幸太の隣に立ってラスタマンが言っていることを日本語にして通訳し始めた。

「ヘイメーン、コータ！　ワッツアップ」

とラスタマンがいきなり片手をあげて幸太に挨拶した。

「アイム・オーライ、メーン」

と幸太も手をあげてそれに応える。バスルームに立っている人々が一斉に幸太のほうを見て、何人かが「ハイ、コータ」と笑いかけていた。

短い中断の後にトイレ修繕講座が再開すると、史奈子は講座の妨げにならないように小声で、幸太にぴったり寄り添って耳元で通訳した。史奈子が幸太に近づくと、シンディもぐっと幸太を自分のほうに引き寄せる。そうするとまた史奈子も幸太に近づかなければならないので、バスルームの中でそこだけがおしくらまんじゅう状態になっていた。

講座が終わると、シンディは子どもをどこかに迎えに行かなくてはいけないらしく、名残り惜しそうに去って行った。史奈子と幸太は再びフラットの外に出て、前庭に戻り常設テントでコーヒーをいれた。

芝生の上に座ってコーヒーを飲んでいると、何人かが幸太に近づいて来て、「原稿のほうはうまく書けているのか」とか、「いつまで英国にいるんだ」とか、話しかけて来た。

喋りかけて来る人が途切れたとき、史奈子はぽつりと幸太に尋ねた。

「そう言えばさっき、トイレの修繕講座がアナキーだって言ったじゃない。どこがアナキーなの。さっぱりわからないんだけど」

「あれこそアナキズムじゃん」

幸太はそう答えると、しばらく黙ってから史奈子に聞いてきた。

「史奈子は、アナキズムって何だと思ってる？」

「革命を起こして政府とか倒しちゃうんでしょ。そんで無政府状態のカオスな状況を作って、秩序も何もかも崩壊した瓦礫の上にゲラゲラ笑いながら立ってる。そういうイメージ」

史奈子がそう答えると、幸太は心から意外そうな顔で言った。

「史奈子、ひょっとして、ずっとそう思ってた？」

「うん、いまもそう思ってる。だって、既成概念を打ち壊すんでしょ。暴れて壊す力がだいじ、っていつも言ってたじゃん。だったらトイレであれ何であれ、修繕しちゃったらダメなんじゃない？　それは壊すことの反対だから」

幸太は急に真面目な顔になり、史奈子の目を見て言った。

「反対じゃないよ。むしろ繋がっているというか、表裏一体。人間に何かを強制するものは積極的に壊していくべきだよ。人間の生は自分自身のものであり、他の何者にも支配されるべきではないから。だけど、人間って、実は支配されたほうが楽だと思う部分があって、そうすればもう自分で何も考えなくて済むし、安心だからと思って自分の生を誰かに丸投げしてしまうんだ。たとえば、国家とか会社とかシステムとかにね。自分から進んで奴隷になりたがる。で、そのうち「より優れた奴隷になりたい」って競争を始めたりして」

「……」

史奈子は、自分の生き方に嫌味を言われているような気分になってちょっとムッとした。

「そんなことが当たり前になると、そのうち誰かに支配されないと生きていけないと思うようになってしまう。自分たちの問題を自分たちで解決することなんかできないって思うからだよ。だから解決してくれるお偉いさんにロビーイングをする、とか、解決できる政策を求めてデモをする、とかいうふうになってしまう」

「それのどこが悪いの？　まっとうな市民の姿じゃない」

史奈子が言うと、幸太は占拠されたフラットの建物を指さしながら答えた。

「まさに、それがジェイドやギャビーたちが最初にやったことじゃないか。で、どうなった？　彼女たちはシェルターから追い出されずに済んだ？」

「……でも、政治を動かすには時間がかかるから」

「親子で路頭に迷うっていう切羽詰まった状況のときに、そんなに時間がかかって融通がきかないものにお願いしてもしょうがないだろう。アナキズムはお願いしない。そもそもお上にお願いするってことは、われわれを支配してくださいって言ってることと同じだからね。アナキズムはそうじゃない。自分たちで始める。自分たちの問題を自分たちで解決するんだ。まさにトイレの故障みたいなもんだよ。誰かに来てもらって修理して貰わないとどうしようもないと思い込んでいるから、オロオロして高い修繕代とか払って誰かが来るのをじっと待つんだろ。自分自身では解決できないと信じているからだよ」

「トイレの修繕と政治の話はぜんぜん違うでしょ」

幸太は涼しい顔でジョークを飛ばしているのだと思い、史奈子が笑いながら言うと、幸太は大真面目に答えた。

「違わないよ。政治は俺らの生活と直結している。むしろ、暮らしこそ政治の場なんだ。それを体現しているからE15ロージズのシスターズはめっちゃクールなんだ。ここで行われていることはまさにアナキズムの実践。「自分たちでやれる」っていう姿を人々に見せることで、俺らが持っているのに持っていないと思い込まされている力を思い起こさせようとしている」

わかったような、わからないような感じで史奈子は話を聞いていた。考えてみれば、つきあっているときに幸太とこんな話を深くしたことはなかったかもしれない。

「この公営住宅地は壊れたトイレだったんだ。お上が方針を決定して修繕するなり何なりしてくれないと誰も住めないとみんな思い込んでいた。だから空き家のままだったんだ。でも、修繕すれば住めるんだろ？　家がない人がたくさんいて、修繕する技術がある人もたくさんいるときに、なんで区が何とかしてくれないと誰も住めないなんて考えるんだろ？　めっちゃ非合理的じゃん」

「だってそれは、自分が所有してないものを勝手に修繕したり住んだりしちゃいけないからでしょ。所有権の問題はどうなるの」

アナキストという人たちは、誰が何を所有しているという問題を忘れがちだということを史奈子は思い出した。俺のものはおまえのもの、おまえのものも俺のもの、みたいなところが彼らにはある。だからこそ、自分だって気が付いたら幸太の財布みたいな存在になり果てていたのだ。

「でも、俺らがしているのは公共の領域の話だ。自治体は、いわば公共サービスを提供するための事務作業をやってる。ジェイドたちはサービスを受けようと役所に行ったら「あなたに提供できる家はない」って言われた。でも、彼らは空き家をたくさん持っている。たとえ売却するつもりだとしても、何年ものあいだ、一つも契約を成立させられなかった。それなのに修繕して住民に提供することもできないという。これ、一言で言えば無能じゃん」

「まあ、それはそうだと思う」

「だったら壊れたトイレを自分たちで修理しますよ、事務の人々がもたもたしてらっしゃるので。ってなるのは、自然じゃない？」

「……」

「自然にまっとうに自分たちでできることを、できないって思い込めば思い込むほど、支配する者たちの力は強大になる。おまえらにはトイレ一つ直せないんだから、俺らに任せとけって勝手になんでもかんでも決めるようになる。そうやって権力は、俺らが、つまり人間が本来持っている力を削いでいくんだ」

幸太がそう言ったところで、占拠された建物からカラフルなニット帽のラスタマンが出て来た。彼は顔を皺だらけにして笑いながら手を振り、こちらに近づいて来た。

「コータ、ランチは食ったのか？」

「ノー」

幸太がそう答えると、いきなりラスタマンが「レッツ・ゴー」と言って歩き出した。

「彼、この近くに住んでて、こないだもランチを食べさせてくれた。今日も来いって言ってるみたい」

幸太は立ち上がりながら、史奈子のほうを見てそう言った。

「おお、ガールフレンドも一緒にどうぞ」

ラスタマンが振り向いて言うので、

「ガールフレンドじゃありません」

と史奈子はきっぱり否定した。

「幸太のフレンドで、シナコです」

「そうかい。俺はウィンストン」

そう言って目の前に拳を突き出されて、史奈子も拳を握ってグータッチした。こんなしぐさで挨拶を交わしたのは生まれて初めてだった。

ウィンストンは本当に占拠地から目と鼻の先にある公営住宅の一つに住んでいた。文字通り、占拠現場のご近所さんだったのだ。

「ビーンズ・オン・トースト、ＯＫ？」

と尋ねられ、幸太と史奈子が「イエス」と答えると、きれいに片づいたキッチンでビーンズ・オン・トーストにチーズと目玉焼きを乗せたものを作ってくれた。ウィンストンは「冷めるから、さっさと始めろ」と二人に言い、自分は一人分余計に作って皿に盛ってそれをトレイに乗せ、キッチンから出て行った。

「奥さんに持っていくんだよ」

幸太がナイフとフォークでビーンズと目玉焼きが載ったトーストを切りながら言った。

「認知症みたいで、彼がずっとケアしてるらしい」

英国版の老々介護か、と史奈子は思った。

ウィンストンが手つかずの皿を載せたトレイを手に戻って来た。

「ワイフは寝ているから、後でまた温めて持って行こう。それで、君ら本当はどういう関係なんだい？」

単刀直入にウィンストンが尋ねてきたので、史奈子は咽（むせ）そうになった。

「シー・イズ・ノット・マイ・ガールフレンド。シー・ワズ・マイ・ガールフレンド」

と幸太が過去形を使って答えると、ウィンストンが腕組みをして「オー、アイ・シー」と納得したように頷いていた。

「エックス、って言うんだよ。エックスガールフレンド」

ウィンストンにそう教わり、幸太が言い直した。

「シー・イズ・マイ・エックスガールフレンド」

「シー・イズ・マイ・エックス、でも通じる」

とウィンストンに言われて、幸太がまたそれを繰り返す。こんなところで英会話まで習っていたのかと史奈子は思った。

「だからなんだな、君たち、よく似ているよ」

ウィンストンがしみじみ言うので史奈子はまた咽そうになった。

「男と女は愛し合うと顔が似て来るんだ。俺とワイフもそうだ」

聞き取れなかったらしい幸太が通訳を期待するまなざしで史奈子を見ていたが、史奈子はそれを無視してひたすらビーンズ・オン・トーストを食べ続けた。

とんでもない、と脳内でぶんぶん首を振りながら。

ふてえことに占拠地拡大

　史奈子は結局、日曜日も幸太について占拠地に行くことにした。

　通訳しなくても彼はぜんぜん大丈夫というか、すっかり現場に馴染んでいるのだから、史奈子には家の掃除とかやるべきことはほかにあるのだが、ああいう場所を見に行くことはいましかできない。そんな気が強くするのだ。

　幸太がいるときでなければ、自分はあの世界と関わりは持てない。彼がいなくなれば、史奈子はまたいつものように家と事務所を往復し、たまに大学教員やジャーナリストの話を聞き、原稿を書いたり本や新聞を読んだりして日々を過ごす。地元のコミュニティに誰が住んでいて、どんな問題が起きているかなんてまったく関係なく過ぎていく日常に戻っていく。そう知っているから、家にじっとしているのがもったいない気分になるのだ。

「週末は男手が増えるんだなあ」

　いつものように占拠地の前庭に着くと、幸太が言った。

　確かに、週日に比べると男性が増えていて、おっさん層というか、いかにも労働者階級風の中高年の男性がたくさん手伝いに来ているのが目についた。

「そういえば、前にタクシーの運転手から差し入れを持って行ってくれって頼まれたことがあった。あの人も中年のおじさんだったけど、彼女たちの運動をすごく応援しているみたいだった」

　ふと史奈子は、女性たちが始めた運動を、労働者のおっさんたちが熱心に支援するのは珍しいんじゃないかと思った。ネットでも何でも、女性が社会運動を起こすと、おっさんたちは批判的になりがちだ。世間知らずだとか、感情的になるなとか言って、上から目線で叩き始めるのがありがちなリアクションだ。それなのに、どうしてこの占拠運動はこんなにおっさんたちにサポートされているのだろう。

「コータ！　グッド・モーニング」

大ぶりのラスタカラーのニット帽をかぶって黒いサングラスをかけたウィンストンが、少し離れた場所から声をかけてきた。

「また爺さんがそんな重そうなものを……」

幸太は日本語でそう呟き、テントの中でいれたばかりのコーヒーをそのまま置いて、大きな段ボール箱を抱えて歩いているウィンストンのほうに走って行った。

段ボール箱やペンキの缶や長いパイプのようなものがどんどん建物の中に運ばれて行く。肉体労働に慣れている感じの逞しい体型のおっさんたちが多いので、高齢で小柄なウィンストンはいつになく弱々しく見えた。

幸太が力仕事のグループに入って行ったので、史奈子は最初に来たときにギャビーに案内されたフラットに入って行った。そこは常に扉が開け放たれていて、たくさん人がいて、雑談したり、自然発生的にいろんなことを議論したりしているから入りやすい。

相変わらず差し入れが床の上に山積みになっているキッチンを覗くと、ローズが食料を整理しているところだった。

「こんにちは」

史奈子が話しかけると、ローズが微笑して、

「どんどん増える一方なんだ。整理するだけで一仕事だよ」

と言った。

「手伝いましょうか？」

「種類ごとに分類してるんだけど、ほら、ここはスパゲティでこっちはマカロニという風に。で、ビーンズの缶とトマトスープの缶も別々に分けて並べる。そうしたら、ここから食品を貰って帰る人たちにとってわかりやすいから」

「じゃ、それやります」

史奈子はそう答えて、スーパーの袋や段ボールの中から食品を出してローズと一緒に種類ごとに並べ始めた。

「今日は外にもたくさん荷物が届いていて忙しそうですね。建設用の資材なんですか？」

「うん。この裏で建物の改装工事をやってるからね」

「え？　裏の建物も工事するんですか？」

「うん。この建物だけじゃ手狭になってきたから、もう一つ占拠することにしたんだよ」

ローズがあっさり言ったので、史奈子は驚いた。この建物の占拠だけでも、区から退去命令が出されているというのに、早くも占拠地を拡大しようなんて、なんて不敵なんだろう。

作業の手を止めて自分を見ている史奈子の視線に気づいたのか、ローズはこう言い直した。

「占拠って言葉を使うと反感を持つ人もいるけど、行政がやったら何万ポンドもかかる建物の修繕を、こっちは手弁当でやってるんだからね。訴えられるどころか、感謝されてもいいぐらいだよ。工事に来てくれているおっさんたち、ほとんどみんなプロの建設業者だし」

淡々と作業を続けるローズを見ながら、史奈子は考えた。

確かに、行政がやると時間もお金もかかる。市民が資材を寄付し、手弁当で工事を行えば費用はゼロだ。コスト・パフォーマンスは最高によい。でも、自分の持ち物でないものを勝手にいじるのは法的にアウトではないのか？　史奈子にはまだ所有の問題が引っかかっている。

「めっちゃたくさんソーセージを貰った。メインストリートの肉屋の大将から差し入れが来てね」

そう言って、両手にビニール袋をさげて入ってきたのは、真っ黒な服を着たコワモテの初老の男性だった。

「子どもたちに食べさせてくれって」

「うわ、高そうなソーセージ。こんなにたくさん……」

ローズはビニール袋を受け取り、中を覗いて声をあげた。

「冷蔵庫、もういっぱいなんだけど」

「近所の家から、クーラー・ボックスを集めてくるよ」

「ああ、それいいアイディアだね、ロブ！」

この人が、幸太がいつも話している「むかしのアナキスト」のロブか、と史奈子は思った。

「じゃ、早速行ってくる」と言ってロブはそそくさとキッチンから出て行く。

「いろんな人がいろんなものをくれる。ここではお金はいらないんだよ」

ローズはそう言って史奈子に笑いかけた。

貰ってくる。集めてくる。確かにここはそれだけで回っている。金銭の介入というものが全然ないのだ。所有の意識が希薄になるのもそのせいだろう。この運動を支えているのは、無償で寄付してくれる人や、貸してくれる人。そういう人たちがどんどんやってきて、物やサービスを提供する。つまり、「あげる」がこの占拠地の基盤なのだ。

どうしてこんなことがここでは可能なのだろう。

史奈子は幸太のようにここに馴染んでいるわけではなかったので、関われば関わるほどわからないことが増えた。いったいなぜなんだろうと知りたくなった。自分が住む世界とはまったく違うこの場所に、これほど自分が惹きつけられている理由はそれなんだと史奈子は思った。

「あげる」の波にさらわれて

史奈子はローズからおつかいを頼まれた。立派なソーセージをたくさん貰ったから、裏の新占拠地で働いているウィンストンにいくつか持って行けというのだ。

「配管のレッスンを何回もしてもらって、何のお礼もしてないから」

ローズはそう言って、ビニール袋にソーセージをいくつか入れ、ビーンズの缶やロングライフ・ミルクや紅茶のティーバッグの箱なども一緒に手際よく紙袋に詰めて史奈子に渡した。

外に出て改装工事が行われている裏の建物に行くと、人々が忙しそうに立ち働いている。

「あの、ウィンストンはどこにいるか知っていますか？」

史奈子は建物の玄関のガラス窓を入れ替えていた男性に尋ねた。彼は首をひねっていたが、細長い段ボール箱を手にして中に入ってきた女性が代わりに答えた。

「ああ、ウィンストンならさっき家に戻ったよ」

史奈子は女性に礼を言い、昨日ランチをごちそうになったウィンストンの自宅に向かった。

ウィンストンの家の玄関をノックしても誰も出てくる気配はなかった。もう一度ノックしても返答がないので、帰ろうかと踵(きびす)を返しかけると、二階の窓からウィンストンの顔が覗いた。

「鍵はかかってないから、入っておいで」

史奈子の姿を認めると、ウィンストンは上からそう叫んだ。

ゆっくりとドアを開けて中に入ると、ウィンストンが腰をおさえながら階段を降りてくるところだった。

「ごめんな、ちょっと腰が痛くなっちゃって、ベッドに寝転がってたもんだから」

ウィンストンは階段の途中で立ち止まり、史奈子にそう言った。

「これ、ローズに持っていくように言われたんです。肉屋さんから立派なソーセージを貰ったからって」

「おお、そりゃあいい。ローズに礼を言っといて」

「無理して降りてこなくてＯＫですから。キッチンに入れておきます。ソーセージは冷蔵庫に入れときますから」

史奈子が言うと、ウィンストンが「サンクス」と笑った。史奈子はキッチンに行って、テーブルの上に紙袋を置き、ソーセージの袋を取り出して冷蔵庫の中に入れた。

あまり物が入っていない寂しい冷蔵庫だった。昨日来たときと違って流しの中に洗い物も溜まっている。腰が悪いウィンストンには、前屈みの姿勢はつらいのかもしれない。

史奈子は流しの脇に置いてあるスポンジと洗剤を取って、皿やマグカップを洗い始めた。

「そんなことしなくてもいいのに」

と言いながら、ウィンストンがキッチンに入って来る。

「昨日のランチのお礼です」

史奈子は振り向いて笑った。

「お、ショートブレッド・ビスケットが入ってる」

テーブルの上の紙袋の中を覗いてウィンストンが嬉しそうに声をあげるので、史奈子が尋ねた。

「好きなんですか？」

「大好物だよ」

「じゃあ、お茶をいれましょう」

史奈子はふきんで手を拭きながらそう言って笑った。ショートブレッドとティーの相性は最高だと知っていたからだ。

洗ったばかりのマグカップを使ってティーをいれ、ショートブレッドを小さな皿に並べてテーブルの上に置くと、ウィンストンが言った。

「あれ、あんたのティーは？」

「え？」

「てっきりレディーにお茶に誘われたのかと思ってたんだけど」

ウィンストンがそう言って笑っているので、

「すみません。そうですよね」

と言って史奈子は自分用のティーをいれることにした。確かに、このシチュエーションで自分も紅茶を飲まないというのは、英国的社交のマナーからすればおかしいのかもしれない。こんな風に市井の英国の人々とつきあったことのない史奈子には、日常的なことがよくわからなかった。

「居間に行こう。ソファのほうが腰が楽だから」

ウィンストンがそう言ったので、史奈子は「はい」と答えてそれに従った。

腰に手をあててヨロヨロ歩くウィンストンの後ろから、マグカップとビスケットの皿を載せたトレイを持って居間に入って行くと、淡いグリーンの壁紙がまず目に入ってきた。一九六〇年代の家具みたいに木製の脚と肘かけがついた茶色と黄色のストライプのソファがあり、オレンジやグリーンのクッションが並んでいる。木製のサイドボードやティーテーブルも、レトロ調の家具の店で売っているようなデザインだ。どれも何十年も使い込んできたような色の褪せ方をしている。

ヤシの実のプリントのクッションが置かれた一人掛けの茶色い革のソファに倒れかかるようにしてウィンストンが腰かけた。史奈子はティーテーブルの上にトレーを降ろし、ウィンストンの前にティーを置いた。

「ご家族の写真ですか?」

壁一面に飾られている大小の写真を眺めながら、史奈子は尋ねた。ウィンストンそっくりの青年や、赤ん坊を抱いた若い女性の写真。若き日のウィンストンらしき男性と美しい黒人の女性が、五人の子どもたちと正装して写った記念写真のようなものもあれば、誰かの結婚式の写真もあった。

「ああ」

ウィンストンも壁を眺めながら答えた。

「大家族なんですね」

「子どもが五人いるんだ。孫は十一人いる」

「すごい……」

史奈子はそう言って、壁の前に立ち、一枚一枚、写真を見て回った。どの写真も賑やかでカラフルで美しかった。女性はきちんと髪をセットし体の線がきれいに表れるドレスを着て、男性も帽子から靴までスタイリングに手を抜かない。

一九五〇年代から一九六〇年代にかけてジャマイカ系の移民が増えたとき、英国の若者たちが彼らのスタイリッシュさに衝撃を受けてファッションを真似し始め、それがスウィンギング・ロンドンの時代に繋がったというドキュメンタリーを見たことがあるが、このファミリーの写真を見ていると、さもありなんという気になる。

「みんなロンドンに住んでいた。いまはバラバラだがね」

ウィンストンはそう言って紅茶を一口飲んだ。

「子どもの二人はこの公営住宅地に住んでいた。だけど、区がここを売却しようとして、地方の公営住宅地に引っ越す者には奨励金を出すと言い出したから、金を貰って出て行った。ロンドンの家はもう買えるような値段じゃないから、ニューキャッスルに家を買って出て行った息子もいるし、オーストラリアに移住した娘もいる」

「そうなんですか……」

確かに、何枚かの写真の背景には見覚えがあった。この公営住宅地で撮影されたものだ。生まれたばかりの孫を抱いて笑っているウィンストンの写真や、いまは閉鎖されているコミュニティセンターの前で大人と子どもがわんさか写っている、何かのパーティーのような写真もある。この公営住宅地も、ウィンストンの家も、むかしはたくさん人がいて賑やかだったのだ。ひっそりとしたいまの姿とはまったく別物のようだ。

「娘たちは、どうして父ちゃんたちも区から一時金を貰って引っ越さないのと言ったよ。近所にも金を受け取って遠くに行った家族はたくさんいたからね。だけど、俺は自分の腕一本で食ってきた自営業者だ。顧客も取引先も友達も、みんなロンドンにいる。この年で一から始めるのは無理だ」

そう喋っているウィンストンの目尻の皺がひときわ深く見えた。占拠現場にいるときはいつも元気に動き回っているのでわからないが、この人は思っていたよりもっと高齢なのではないかと史奈子は思った。

窓際に置かれたアイロン台の上に服が山積みになっているのが目に入る。老々介護で妻のケアをしているウィンストンが、これだけ家の中をきれいに掃除していることも奇跡的だが、さすがに腰が悪いときにはアイロンがけはつらいだろう。

こんなときに近所に子どもや孫が住んでいたら、きっと手伝ってくれたに違いない。ジェントリフィケーションは地域コミュニティだけでなく、家族も解体させてしまったのだ。

そんな立ち入ったことをしたら面食らわれるかもしれないと思いながら、史奈子は思い切って言ってみた。

「もし、もしよかったらですけど、アイロンがけ、私がやっちゃいましょうか？」

ウィンストンは驚いたように史奈子を見て、顔の前で手を振りながら答えた。

「とんでもない。いいよ、そんなこと」

「でも、腰が痛いときにアイロンがけは大変です。どうせ占拠地に戻っても、私はすることなくて前庭の芝の上に座ってるだけです。なんとなく幸太について来ただけなんですから」

「だけど……」

「気にしないでください。やりたいんです。ほかにも、何か困ってることがあったら言ってください。ついでにやっちゃいますので」

ウィンストンはじっと史奈子の顔を見ながら言った。

「あんた、きっぷがよくて、いい女だねえ。なんでコータがあんたに惚れたのかわかるよ」

「やだもう、やめてください。彼とつきあってたのは昔の話なんですから」

きっぷがいいなんて言われたのは初めてのことだった。

そもそも、ふだんの自分なら、絶対にこんな差し出がましいことは言い出さないし、会って間もない人の家で家事をしようなどと思いつきもしないだろう。

それなのに、私はどうしちゃったんだろう、と史奈子は思った。

たぶん、占拠地の人々のきっぷのよさが伝染したのかもしれない。だって、本当にきっぷがいいのはあの人たちのほうだ。食料や資材やいろんなものを持ち寄り、週末だというのに無料で労働力を提供するためにやってくる。こんな場所を史奈子は見たことがない。

きっと、「あげる」と「貰う」だけで回っている現場にいると、誰かが何かをできなくて困っているときに、助けないなんてあり得ないというか、肉体的にうずうずして助けたくなってしまうのだ。頭ではあんまりそう思っていなくても、先に言葉が出たり、体が動いてしまう。

絶え間なく打ち寄せる贈与の波にさらわれ、自分もその一部になってしまうように。

史奈子は紅茶を飲んでから立ち上がり、バーバリーのトレンチコートを脱いでソファの上に置いた。そして、窓台に置かれていたアイロンを手に握り、一枚ずつ服にアイロンをかけ始めた。

「ありがとう」

しんみりしたウィンストンの声が背後から聞こえると同時に、どんどんどんと勢いよく玄関の扉を叩く音がした。

「う」と言って腰をおさえながらウィンストンが立ち上がり、廊下に出て行く。

「ハロー、ウィンストン」

聞き覚えのある声に、史奈子は作業の手を止めた。

「セナカ、オーケー？　ディス・イズ・サロンパス！」

思わず史奈子は笑った。いきなりサロンパスとか言っても、この国の人にはわからないだろう。しかも、「セナカ」って思いきり日本語だし。

居間に戻って来たウィンストンの背後から幸太が入って来た。

史奈子はウィンストンが手に握っている緑色の小箱を指さし、英語で説明を始めた。

「それ、サロンパスって言って、腰痛とか筋肉痛とかに効く大きめのパッチなんです。日本ではクラシックっていうか、ずっと昔からある定番商品で、肩や腰が痛いときに使う人がたくさんいます。貼るとスッとして、気持ちいいですよ」

史奈子が言うと、「オー」と言ってウィンストンがサロンパスの箱を見つめている。

「なんでサロンパスなんて持ってんの？」

今度は日本語で尋ねると幸太が答えた。

「リュックに入れて来た。旅に出るときは、パスポートと財布とサロンパスさえあれば、後はどうにかなる」

そんなことを言う人を他に知らないが、史奈子も旅行には必ず馬油を持っていくので似たようなものかと思った。

「ところで、なんでこんなところでアイロンかけてんの」

幸太はニヤニヤしながら聞いた。

「だって、ウィンストン、腰が痛そうだから」

史奈子は素っ気なく答えて、またアイロンを握った。

窓の外には、占拠地に行ったり来たりする人々の姿が見える。人々の喋る声や笑う声が飛び交い、活気に満ちていた。昔、まだウィンストンの家族や近所の人たちがこの公営住宅地に住んでいた頃はこんな感じだったのだろうかと史奈子は思った。

住宅地には住む人々が必要です。

ジェイドがインタビューや演説でよく言っている言葉の本当の意味が、史奈子にもわかってきたような気がした。

第三章
住まいは尊厳

利用すること、消費されること

チャンネル6・イヴニング・ニュース　２０１４年９月21日　18時30分～

ニュースキャスター　「都市部では住宅価格が高騰し、若者たちが自分たちの家を持てなくなっています。初めて住宅を購入する人々を対象に、市価より二〇％低い価格の住宅を大量に建てて提供する政策も提案されています。しかし、専門家たちは、それでも多くの若者たちには手が届かない金額だと批判しています。都市部の若者たちと住宅をめぐる問題をキャサリン・ローランド記者が取材しました」

――この若い女性たちは、現代の都市部の住宅問題を象徴するような出来事に遭遇しました。E15ロージズを名乗る彼女たちは、若年層のホームレスを対象としたホステルに住んでいましたが、昨年、退去通知を受け取りました。ホステルを改装して高級マンションにするというのです。そこから彼女たちの闘いが始まりました。彼女たちは空き家になっていた公営住宅の占拠運動を行っています。運動への賛同の輪が急速に広がっています。

記者「何年も空き家だったとは思えないぐらいきれいですね」

ジェイド「運動に賛同する人たちがここに来て、修繕や改装を手伝ってくれます。ロンドン市内だけでなく、遠くはマンチェスターから来てくれた人たちもいました」

記者「どのくらいこの住居は無人で放置されていたのですか？」

ジェイド「ここは五年、下の階は八年ぐらい誰も住んでいなかったと近所の住人から聞いています」

記者「都市部での住宅不足が問題になっているときに、このような物件が放置されていることについてどう思いますか？」

ジェイド「都市部で住宅は不足していません。住宅で儲けようとしている企業や団体のせいで、人が住める家が不足しているだけです。この公営住宅が空き家のまま放置されていたのも、売却交渉がうまくいかなかったから。いつでも交渉が成立したら売れるよう、区はここを無人のままにしておきたいんです。買った企業がすぐに高級マンションにできますからね。それも交渉時の条件として有利に働きます。人間よりも、不動産売買の交渉のほうが大事だと思われている。ホームレスをホステルから退去させるのも同じ理屈です」

記者「そのような社会についてどう思いますか」

ジェイド「生身の人間を、特に子どもを大事にしない社会には、未来はないと思います」

――首相は勤勉に働いている若者たちが自分の住宅を購入できるよう、全力を尽くして支援策を講じたいと発言しています。四十歳以下で初めて住宅を購入する人々を対象に、市価の八〇％の価格で十万戸の住宅を建設すると提案していますが、野党はそれではとても足りないと批判しています。

ジェイドは何年もロンドンで保育士として働いていました。しかし、自分の給料では家を買うなど夢のまた夢だったと話しています。それどころか、ロンドンでは部屋を借りることすらできず、民間の賃貸住宅の家賃は彼女の給料より高額だと話します。

記者「政府の提案についてどう思いますか？」

ジェイド「家を買うことができるのは高額所得者だけです。労働者階級の若者は家賃すら払えない状況が続いている」

記者「どうすればいいと思いますか？」

ジェイド「解決策は、もっと公営住宅を建てることでしょう。そして、いまある公営住宅地を売却せず、空き家だらけにしてロンドンをゴーストタウンにせず、空いている住宅には若者たちを住まわせることです。高額所得の専門職の人たちだけで回って行く都市なんてあるわけがない。看護師や保育士やゴミの回収職員や郵便配達員や、低賃金で働いている人たちがいないと地域社会は回っていきません。地域社会のために働いている住民が自分の所得で借りられる家を提供するのは政治の仕事です」

——彼女たちへの支援が広がっているのは、この運動が非常に多くの社会問題と関連しているからです。住宅不足、家賃の高騰、世代間格差、都市部のジェントリフィケーション、女性の貧困問題、反緊縮など、様々な問題に関心を持っている広範な人々がここに集まり、議論したりワークショップを行ったりしています。この占拠地が、この国の社会運動のハブになりかけている印象すら受けます。この占拠地に集まる若者たちの声に、政府は今後、どう答えていくのでしょうか。

ロンドン、ウッドワーカー公営住宅地からお伝えしました。スタジオにお返しします。

「きゃああ！　ついにジェイド、ほんとにイヴニング・ニュースに出ちゃった!!　嘘みたい」

メインキャスターを務めている有名な女性アナウンサーのファンだったシンディが声を上げた。

「マジすごい。信じられない」

シンディが何度も繰り返すので、食い入るようにテレビを見ていたギャビーが言った。

「毎日、ジェイドがいろんなメディアの取材を受けてるから、今週は次々といろんなところに出てくるはず。それに合わせて、もっとあたしたちを見に来る人が増える。賛同する人も、そして、反対する人もね」

運動が始まった当初から、ツイッターでは少数とはいえ彼女たちをぼろくそに批判するつぶやきがあった。頻繁にエゴサしているギャビーは、そのことをよく知っている。

「この女たちはたかり屋だ。働け」

「自分で家も借りられないなら子どもなんて産むな」

「恥知らずのバカ女たち」

それらはいかにも紋切型の批判ではあったが、見ればムカつくものではあった。

ジェイドが全国ネットのテレビ番組に露出すれば、運動の知名度は以前とは比べ物にならないぐらい上がる。だがそれは、こうした社会運動にまったく関心のないお茶の間の人々の目にも触れるということだ。そうなると、これまではネット空間だけに留まっていた批判の声が、もっとダイレクトに自分たちに降りかかることになるかもしれない。

実際、食料の差し入れを装ってタッパーに入った排泄物が届いたこともあったし、初期からのメンバーである母親たちの一人がバギーを押して道端を歩いていたとき、自動車に乗っていた男から「怠け者の牝牛たちの一人だろ」と唾をかけられたこともあった。

ギャビーが、メディアに露出しているジェイドを見て、シンディのように素直に喜ぶ気にはなれないのは、有名になるということはリスクを拡大することでもあると思うからだ。
むしろ、これからが正念場だ。
そういう気がして、つい眉間に皺が寄るのだった。

BBT2・「トーキング・ポイント」より　2014年9月24日　22時00分〜

司会者「今週は緊縮財政の是非を問うため、毎日違うゲストの方々に登場いただき、ディスカッションしていただいています。今日は、ロンドン・スクール・オブ・エコノミクスのデヴィッド・クローバー教授、エコノミスト誌のエディター、スーザン・ロバートソン氏、そしていま話題になっているロンドン東部のウッドワーカー公営住宅占拠運動のメンバー、ジェイド・リカード氏に来ていただきました。まず、この映像をご覧ください」

——ウッドワーカー公営住宅地に集まった人々の映像。
数十人の人々が占拠された建物の前庭に座り込み、ジェイドのスピーチを聞いている。

ジェイド「これらのフラットは無人のまま、何年も放置されていました。そしてその一方でこの区には住む家のないホームレスの人々が大勢います。区はこのバカバカしい状況が生まれた理由を、自治体は「公営住宅を維持する予算がないから」と言っています」

建物内部にカメラが切り替わる。キッチンに立っているジェイドと仲間たち。

ジェイド「パーフェクトに使える状態で放置されていました。修繕が必要な部屋もありましたが、自分たちでできる程度の傷みでした。この公営住宅地を貧困者やホームレスに解放すれば、どれだけの人々を助けることができるでしょう。その中には子どもたちも含まれています。この占拠運動は、ロンドンの住宅不足の構造的問題を知ってもらうためのものです」

フラット内の別室の様子が映る。缶詰やシリアルの箱やパスタなどが置かれたステンレスの棚が並んでいる。棚から食料を取ってスーパーの袋に入れている人の後ろ姿。

ジェイド「食料や服やおもちゃなどの差し入れがあまりにたくさん届くので、ここでフードバンクを始めました。この部屋には食料品が置いてあります。隣の部屋には衣料やおもちゃや文房具が並べてあって、勝手に持って帰っていいことになっています。通常のフードバンクは、福祉課からの紹介状がないと利用できません。でも、ここは誰でも受け入れます。それを聞きつけて遠くからバスに乗って来る人たちもいます」

司会者「クローバー教授、この映像を見てどう思われますか？」

クローバー教授「僕はずっと彼女たちの運動に注目してきました。彼女たちの直接行動により、直接民主主義の萌芽が生まれている。それが行われている場所では人々は相互扶助の文脈で行動するようになります。フードバンクが立ち上がったのも当然の流れです。彼女たちは、現在のトップダウンの政治システムがいかに機能していないかということを暴き出している」

司会「その機能していない理由の一つが、緊縮財政だと言えますか？」

クローバー教授「もちろんそう言えます。なぜなら、もはや緊縮財政そのものを知的に正当化することはできないからです。そもそも、現在、様々な欧州国の政府が行っている緊縮財政は、「政府債務が対GDP比で九〇％を超えると、経済成長率が劇的に減速する」というハーバード大学のカーメン・ラインハートとケネス・ロゴフの発見に基づくものでした。しかし、その後、この説は集計表の間違いに基づいていたということが明らかになり、そのエラーを本人たちも認めたのですから、客観的に見ても緊縮にプラスの経済効果があるという説は証明されていないのです。それなのに、英国政府は庶民を苦境に陥れながら緊縮財政を続けている」

司会「ロバートソンさんもクローバー教授の意見に賛成しますか？」

ロバートソン「クローバー教授はそれについての論考を新聞に発表しておられましたが、政府の財政再建を軽視するような無責任な言説を広げるべきではないと思います」

クローバー教授「財政再建を行っても、何らの経済効果もないのだとしたら、それは何のための財政再建なのですか」

ロバートソン「国の借金を返すためです」

クローバー教授「百歩譲って、仮に借金を返す目的があるとしましょう。だけど、借金を返すために財政支出を絞って緊縮を行い、そのために景気が後退して税収が減少したら、財政はいっそう悪化しますよね。それでは再建になりません」

ロバートソン「国の借金が増えると経済は悪化します」

クローバー教授「だから、その説の信憑性は疑わしいと言ったばかりです」

ロバートソン「借金は返すべきに決まっているじゃないですか」

クローバー教授「その「べき」というのは、すでに経済的有効性の話ではなくて、道徳観の話になっていませんか？」

司会「ちょっとここら辺で、占拠運動の現場から来ていただいたジェイド・リカードさんのお話も聞いてみましょう。緊縮財政がロンドン市内のホームレスの増加や住宅問題に影響を与えていると思いますか？」

ジェイド「はい。そもそも、ホームレス対象のホステルやシェルターを必要とするシングルマザーと子どもの数が増えているのは、生活保護の支給額が減らされたからです。食べられないほどの貧困に苦しむ人が増えていることは、占拠地にこしらえたフードバンクに来る人たちの数を見ても明らかです。自治体が公営住宅地を売却しているのも、もとをただせば中央政府からの交付金が大幅に減らされているからですよね」

司会者「公営住宅の修繕費や維持費が捻出できないから空き家のまま放置しているというのも、区の予算が縮小しているのが理由ですよね」

ジェイド「それに関しては、区の単なる言い訳に過ぎないという部分もありますが、でもこの緊縮のご時世だからこそ、「維持費が出せない」と区が言えば、そうか、しょうがないなと思う人たちもいるわけですよね。緊縮財政は行政が住民のためにお金を使わないことの都合のいい言い訳になっていると思います」

司会者「クローバー教授、大きく頷いていらっしゃいますね」

クローバー教授「「有効性」ではなく「誰かの道徳観」に基づいた経済政策のせいで国民の貧困化が進んでいるのです。この愚策は早急にやめるべきだ。だから君たちの運動に、僕は大いなる希望を感じているのです。大切なのは人を縛る「道徳観」ではなく、人を自由にする「親切さ」なのです。人間が本来持っている「親切さ」を発揮し合い、互いが互いを生存させる扶助の在り方を、あの占拠地に集まる人々は身をもって示している。ならば「親切さ」のある経済政策とは何なのかということも考えるべきだ」

ロバートソン「あなたの言っていることは完全なユートピア幻想です。あまりにもリアリズムに欠け、お話にならない。彼女たちは区から立ち退き要求を受けていて、裁判所に出廷すると聞いています。どちらにしても不法占拠は違法なのだから、彼女たちは占拠地から退去させられます。だったら、そんな風に占拠運動を持ち上げるよりも、彼女たちの次の家を探すことが先決ではないのですか。真の「親切さ」とはそういうことでしょう」

なかなかのビッチだな、この女性編集者。

鋭い目でテレビを睨みつけていたローズは、それでも、メンバーたちのために家を探さなければいけないという発言には異をとなえることができなかった。

メンバーたちの中には、区から民間の物件を紹介されてすでに移住している者もいた。最初はロンドン市内には彼女たちが住める家はないの一点張りだった区も、運動が注目を集めるにつれ、住宅補助で家賃を賄うことができる民間のフラットをどこからか見つけてきて、一人、また一人とシングルマザーと子どもたちを引っ越しさせた。

だが、それらはすべて一年契約の賃貸だった。契約から一年経てば、大家が物件を売るかもしれないし（これは近年のロンドンではよくある話だ）、再契約時に家賃が大幅に上がって住宅補助ではカバーできなくなる可能性もある。

「ムカつくけど、痛いとこ突いてくるよな」

　占拠地の二階の窓際の椅子に腰かけてテレビを見ていたロブが言った。膝を抱えて床に座り込んでいるナイラがそれに答える。

「いくら運動が盛り上がっても、あの子たちが住む場所に困るんだったら占拠は直接の問題解決には結びつかない。自分たちの問題を自分たちで解決すると言ってるわりには、何の解決にもなってないじゃん、っていう、直接行動に対する古典的な批判だけど、視聴者はまあ、納得しちゃうよね」

　占拠地に寝泊りしている母親たちが子どもを寝かしつけに行き、集まった人々も帰った夜の時間帯は、大人の時間だった。運動の経験豊かなローズとナイラ、ロブが、ビールを飲みながら今後の作戦について話し合うのが日課になっている。

「テレビ局にしてみれば、話題になっている人間を連れてくればそれでいいわけで、運動やジェイドがお茶の間にどう受け取られようと、知ったこっちゃないからね」

　ナイラの言葉を聞きながら、ローズは窓の外に目を向けた。相変わらず奇妙奇天烈な形をしたアルセロール・ミッタル・オービットが見える。むかしのSF映画に出て来る塔に赤い網がかかって絡まっているかのようなデザインのモニュメントは、あまりに安っぽい。それなのにあそこまで巨大であるという点で、非常にファシスト的な建造物だとローズは思った。

　莫大な資金を投じ、こんなにバカバカしくて悪趣味で大きなものを建てるという愚行を誰も止められなかったということの象徴だからである。

　たとえば米国には自由の女神のような人々を鼓舞してきたシンボルがある。巨大な建立物が何らかの人々の心の拠り所になるならまだいい。しかし、まるで癇癪を起した幼児が壊した玩具みたいなあの建立物がロンドンのシンボルになるとしたら、あれこそがまさにブロークン・ブリテンを体現している。

というようなことは後付けの理屈だとしても、ローズはアルセロール・ミッタル・オービットを見るたびに、ただシンプルにムカつく。「こちとらマジなんだよ、おまえらふざけんな」と言いたくなってくるのだ。

「世代間格差とか、財政の話とか、いろんな社会問題をメディアが取り上げる度に、まるでケーキの上についたお飾りのチェリーみたいにジェイドが呼び出されて座らされてるのは、どうかと思うよ。こういうのを、メディアに消費されてるって言うんだ」

ローズは窓の外の醜い建造物から目を逸らしながら言った。

「でも、ジェイドがそれに耐えてくれているおかげで、運動の知名度はどんどん上がっているし、みんなが一〇〇％理解してくれているわけではなくても、住宅問題に関心を持つ人は確実に増えている」

ナイラがローズのほうを見て答えた。それはそうなんだけど、と言いたげな表情でローズが唇を噛む。

「まさか、こんなに大きくなるとは思わなかったもんなあ……」

ロブがしみじみと言った。

ローズは、高視聴率のディベート番組のパネル席に座らされているジェイドを見ながら、初めてジェイドに会った日を思い出していた。あの日、公園の芝生の上に座ってジェイドは泣きながら言ったのだった。

「もちろん住む場所は要ります。国や自治体に何とかしてほしいと思う。でも、本当はそうじゃないんです。本当に言いたいのは、そのことじゃないと思う。あたしたちの声を聞けよって……、もうあたしは黙らないからなって、それがあたしの本当に言いたいことなんです」

テレビのスクリーンに映ったジェイドは落ち着き払っていて、あの日、公園で泣いていた娘と同一人物とは思えなかった。

運動はこんなに遠くまで来た。

だけど、「あたしたち」ではなく、「あたし」について彼女はいま考える余裕があるだろうか。ローズはジェイドの疲れた顔を見ながらふと思った。

ジェイド、くたびれる

ブラック・キャブの後部座席に座り、ジェイドはロンドン中心部の街並みを見ていた。ヴィクトリア駅の前を通り、バッキンガム宮殿の脇を抜けて、キャブは国会議事堂の通りに入る。

これまで、一人でブラック・キャブに乗って市の中心部を通り抜けたことなんてなかった。そんなことはリッチな人や観光客がすることだと思っていた。

ニュース番組やディベート番組に出演するたびに、テレビ局が帰りのブラック・キャブを手配してくれる。高そうな服を着てポッシュ（上流階級風）な英語を喋る人たちが働くスタジオから、ブラック・キャブに乗って占拠地に戻るのだ。かぼちゃの馬車に乗ったシンデレラってこんな感じだったんだろうかとジェイドは思う。セントポール寺院を横切り、金融街シティのバンク・オブ・イングランドの建物を通り過ぎて、キャブはどんどん東に向けて走って行く。

むかし、ウエストエンド（ロンドン西部）は、金持ちが住んでいるところで、イーストエンド（ロンドン東部）は貧乏人の町だった、と祖母が言っているのをジェイドは子どもの頃に聞いた。祖母の話では、ウエストエンドとイーストエンドとでは、人間の服装や顔つきや喋り方だけでなく、寿命も違ったらしい。

だがいまは、ロンドン全体がウエストエンドになろうとしているように見える。

そしてイーストエンドはどんどん縮小し、居場所を奪われて、ロンドン市内から追い出されようとしている。イーストエンド的な建物や人間がロンドンから駆逐されてしまう。テレビ局から占拠地までタクシーに乗っているとそのことがドキュメンタリーを見ているようにわかった。

ウッドワーカー公営住宅地のような場所は、もはやロンドンではアンティーク家具のようなものかもしれない。「ロンドンには公営住宅地と呼ばれる集合住宅地があって、住人たちがコミュニティを作って助け合ったり、喧嘩したり、貧しい英国人と移民がわいわい混ざり合って暮らしていた時代が昔あったんですよ」。これからの子どもは、親や祖父母にそう聞かされるようになるのだろうか。

そしていま、ジェイドは、その公営住宅地を代表する存在のように扱われている。公営住宅地だけではない。若い世代や貧困層やシングルマザー。いろんな層の代弁者にされて、「当事者としてどうですか?」とテレビやラジオで質問される。当事者といっても、いろんな人たちがいるし、ジェイドとはまったく違う考え方をする人だっている。それなのに、メディアの人々は、何らかのグループの代表者としてジェイドに喋らせようとする。

たぶんそれは、ジェイドが生まれ育った階級からニュースやディベート番組に出演して喋る人が少ないからだろう。だからジェイドはスタジオで珍しい動物のように扱われ、必要以上に持ち上げられたり、同情されたりする。

ジェイドは、最初はただ緊張していただけで、自分がテレビで何をさせられているかよくわかっていなかった。でも、だんだんわかってきた。自分や自分の仲間たちがどれだけ困窮しているかという苦労話や悲惨な話をすると、その部分は全部オンエアされる。が、「労働党の議員が協力してくれなかった。労働党は庶民の味方じゃなかったのか」というような政治的な発言を始めると、そこだけカットされたり、不自然に音声が乱れたりする。

そのことをローズに話すと、左派的なメディアは労働党と繋がりが強いから、そういう都合の悪い部分は流さないのだと言っていた。逆に、保守的なメディアに出たら、労働党を批判する発言は喜ばれるから必ずオンエアされるだろうと。

だけど、それじゃジェイドや占拠運動は、左派や右派といった政治勢力から、彼らの主張を補強するために利用されているだけじゃないか。

「自分の声を聞いてほしい、もう自分の声をかき消されたくない」と思ってジェイドはこの運動を始めた。だけど、ジェイドが言いたかったのは、「こんなにお金がないんです」とか「こんなに恵まれない環境で育ったんです」とかいう貧乏レポートではなかったはずだ。ジェイドはリアル貧困のサンプルになりたかったわけではないし、制作側の都合で勝手に切ったり編集したりされるのなら、それは「自分の声」ですらない。

こんなことをしていて、何が得られるんだろう。

そんなことをジェイドは考えるようになっていた。朝から晩まで多くの人々に囲まれ、いろんな人たちがジェイドを見たがり、ジェイドの言葉を欲しがる。だけど、自分はだんだん思ってもいなかった方向に押し流されているのではないか。

ブラック・キャブの後部座席の窓から、巨大なアルセロール・ミッタル・オービットが見えて来た。そのままキャブは見慣れた駅前の商店街を通り過ぎ（いくつかの店のウィンドウには大判のE15ロージズのポスターが貼られている）、広大な公営住宅地の中に入って行く。

占拠地から少し離れた場所でジェイドはキャブを降りた。占拠したフラットの前庭には今日もたくさんの人が集まっていて、ジェイドが歩いて近づいて来る姿を見て、出迎えに走ってくる人々もいた。ジェイドは笑って彼らに手を振った。笑うことにどれだけ疲れているかということを、彼らには悟られないように。

薔薇たちの受難

何人もの人たちに話しかけられ、その度に立ち止まって話しながら、ようやく建物の中に入って行くと、シンディが二階から階段を降りてくるところだった。

「収録どうだった？」

微笑みながら話しかけてきたシンディに、ジェイドは答えた。

「まあまあだった」

「まあまあ？」

「とりあえず、彼らが聞きたいことは聞かせた」

そう言ってずんずん階段を上がって行くジェイドを、怪訝そうな顔でシンディが見つめている。

ジェイドがフラットのドアを開けると、キッチンのほうからギャビーの声が聞こえてきた。覗いてみると、ギャビーが占拠地に住む母親の一人をハグしている。抱きしめられて泣いているのは、初期からのE15ロージズのメンバーの一人だった。

「どうしたの？」

椅子の上にバッグとジャケットを置き、ジェイドが尋ねた。

泣いている母親は、ギャビーの胸に預けていた頭をもたげ、両手の甲で涙をぬぐうと黙ってキッチンから出て行った。

「子どもが学校でいじめられてるみたい」

ギャビーはキッチンの流しに背を付けて立ち、両手を組んで言った。

「こないだちらっとテレビに映っちゃったから、「たかり屋」とか「ドロボウ家族」とか言われて……」

「ドロボウ？」

「占拠した家に住んでるからでしょ。きっと親がそう言ってるんだよ」

「……」

ジェイドは椅子に座って、テーブルの上に肘をつき、両手で顔を覆った。そしてゆっくりと顔から手を離し、ギャビーに言った。

「……あたしたち、メディアに露出し過ぎたよね。いま盛り上げなきゃと思ってやってきたけど、子どもたちがいじめられるんじゃ意味がない」

疲れた表情のジェイドを見ながら、ギャビーが答えた。

「彼女たち自身もストリートでいろんなことを言われたり……、遠くに住んでいる親族から「恥ずかしいからやめろ」って言われた人もいるみたい」

ジェイドはふうとため息を漏らし、頬杖をついた。

外部からの支援者はどんどん増えているし、占拠地には活気があり、いつもたくさん人がいる。だけどそのせいで、初期からのメンバーどうしで話し合うことが減っている。外部から来る人たちは、最初からこういう運動に関心がある人々だから、いろいろ斬新なアイディアを持ってきたり、真剣に運動や政治についての議論をしたがる。自然と、いまは活動の中心にいるのも支援者たちになってきている。

その一方で、初期からの、ザ・サンクチュアリに住んでいたメンバーたちは、そんなに社会問題や政治的活動に関心があるわけではない。彼女たちはただ、ホステルから追い出されることを理不尽に思い、ロンドン市内から引っ越さずに済むよう、自分と子どもが住む家を求めてジェイドやギャビーたちと一緒に闘ってきた。

ジェイドや占拠地の映像が連日テレビに出るようになってから、こうした母親たちが不満を抱くようになっていることはジェイドも知っていた。彼女たちは、運動の支援者や社会活動家ではなく、「当事者」だからだ。

ジェイドが「当事者」としての言葉を求められて、自分たちの悲惨な状況や貧しさをテレビで喋るたび、ジェイドと一緒にいるE15ロージズのメンバーたちも同一視される。「かわいそうなホームレスのシングルマザー」であることを自ら宣伝する若い女性たちというレッテルを貼られる。

そして中には、そうした境遇の人間への差別を剝き出しにする人たちもいる。「あたしたちは恵まれない階層の人間なんです」とテレビで言うことは、ある意味、「あなたたちが差別できる対象がここにいますよ」と手を挙げているようなものなのだ。

ここまで運動が大きくなって全国ネットのテレビにまで出ると知っていたら、最初から参加しなかった母親たちだっているに違いない。

「あたし、ちょっと最近、いろんなことがわからなくなってきた……」

ジェイドが暗い表情でぼそっと言った。それはE15ロージズの運動が始まってから、初めて彼女が口にした愚痴だった。

山はきっと動く

翌日は珍しくメディア出演や取材が入っていない日だったので、ジェイドは久しぶりに占拠地にいた。前庭に集まった人々がジェイドのスピーチを聞きたがっているらしいので、子どもを抱いてフラットの外に出て行った。前庭には相変わらず大勢の人々が座り込んでいる。ジェイドと子どもが近づいてくるのに気づいた人々が一斉に拍手し、ピーッと口笛を吹く人、「ゼアズ・オンリー・ワン・ジェイド」とサッカーのスター選手がピッチに出て来たときのフレーズを歌う人もいる。

ジェイドはにこやかに笑いながら人々の前に進んで行く。工事が行われている裏の建物のほうからウィンストンが歩き出てきた。

「ベイビーは俺が見ていようか?」

と笑っているので、ジェイドはウィンストンに子どもを渡し、人々の前に進んで行ってスピーチを始めた。

「みなさん、温かいサポートをありがとうございます。ここは単なる占拠地ではありません。開かれた、我々のコミュニティです。都市のジェントリフィケーションで失われていく、人間どうしの繋がりの場です……」

どの顔もまっすぐにジェイドを見ていた。彼女の口から出てくる次の言葉を期待し、膝を抱えたり、腕組みをしたりしてじっとこちらを見ている。

圧倒的に若い世代が多かった。ジェイドがテレビに出るようになり、年長世代の犠牲になっている若者代表のように紹介されるようになってから、占拠地に集まる層が変化してきた。

彼らはあたしに何を求めているのだろう。

スピーチの言葉は淀みなく出てくる。街頭で、公園で、占拠地で、何度もスピーチしてきたジェイドは、もう演説慣れして言葉がスラスラ出てくる。つるつるとした肌の、いかにもミドルクラスという感じの大学生っぽい若者たちが、キラキラ輝く瞳でジェイドを見ている。この人たちは住む家がないわけじゃない。たぶんジェイドたちのようにホームレスになることなんて一生ないだろう。

そんな彼らがこの運動に求めているのは何だろう。

ちょっとした反逆？　大人たちが作り上げた世界への異議申し立て？

日常の生活から逸脱した、オルタナティブなユートピアの建設？

いずれにせよ、彼らには帰る場所がある。だけど、あたしたちにはない。そうジェイドは思った。彼らはこの占拠地に集まって来て仲間をつくったり社会変革の話をしたりして、夕暮れになったら快適な自分の部屋に帰っていける。でも、あたしたちはここが生活で、これがすべてだ。だから、子どもたちは学校でいじめられるし、みんな道端でからかわれたり、差別されたりする。

あたしたちは無防備過ぎたのだ。無防備に顔や名前を出し、住む場所まで開放して運動している。最初からすべて間違っていたのではないか。

ジェイドの頭の中に暗い考えがよぎった。醒めた気持ちでスピーチしているのに、聴衆はジェイドの言葉に奮い立たされたような熱いまなざしで、食い入るようにこちらを見ている。ふと、隅のほうに立っていたウィンストンが、隣にいた女性にジェイドの子どもを任せて裏の占拠現場のほうに戻って行くのが見えた。ジェイドの子どもを抱いているのは、日本人の女性だ。彼女は、コータからインタビューを受けたときに通訳をしていた女性だと思う。確か、日本の新聞の駐在記者だと言っていた。髪をポニーテールに結び、いつも高そうなトレンチコートを着て、真っ白なスニーカーを履いてやってくる。彼女もまた、絶対に自分ではお金の苦労なんてしなくて済むタイプだ。

慣れない手つきで子どもを抱いている日本人女性のほうをちらちら確認しながら、ジェイドはスピーチを終えた。そして彼女のほうに近づいていくと、ちょうどウィンストンも裏から戻って来るところだった。

「ありがとう。……シーナ、でしたっけ？」

うろ覚えで彼女の名前をジェイドが口にすると、ウィンストンが言った。

「シナコだよ、シ、ナ、コ」

「ごめんなさい。シナコ」

「いえ、気にしないでください。っていうか、シーナっていいですね。それだとこの国でもすぐ名前を覚えてもらえそう」

と言って史奈子は笑っている。ジェイドが両手を差し出すと、子どもがジェイドのほうに体を傾けてするっと抱かれた。

「すごくおとなしいですよね」

史奈子がジェイドに言うと、ウィンストンが脇から答えた。

「マミイが忙しいから、いろんな人に世話されることに慣れてるんだよ。抱かれ慣れてる。いつもニコニコして、ハッピーそうだし。なあ」

ジェイドは子どもを芝の上に降ろした。とことこと子どもはウィンストンのほうに近づき、彼の脚にじゃれついている。

「いろんな人に世話されることに慣れている」という言葉に、ジェイドは少しだけ傷ついた。母親として小さな子どもと時間を過ごしたい気持ちはジェイドだって山々だ。だけど、いまは状況がそれを許さない。

「お疲れでしょう」

まるでジェイドの気持ちを読むように史奈子が言った。

「え？」

「毎日のようにテレビや新聞でお顔を見かけるので、取材を受けるだけでも大変だろうなと思って。インタビューって、媒体に出ていない部分が実は長いですからね……」

「ああ、あなたも記者さんでしたよね」

「ちっとも記事を書かせてもらえない記者ですけど」

史奈子がそう言って笑っているので、ジェイドが尋ねた。

「書かせてもらえないんですか？」

「いえ、書いているんですけど、書きたい記事を書かせてもらえないんです。例えば、この占拠地のこととか」

「ここの、何について書きたいんですか？」

ジェイドは少し投げやりに聞こえる言葉の響きに自分でも驚きながらそう聞いた。

「すべてです。すべてが、知らなかったことばかりだから」

「？」

「お金がなくても物事が回っていくこととか、人間は誰かに強制されなくても助け合って自治することができるんだってこととか」

「……」

これがお金に困らない人たちがこの占拠地に見ている夢なのかとジェイドは思った。

「少しも新しいことじゃないんだよ、そういうのは。三十年前には、このあたりにはそういうコミュニティ・スピリットが溢れていた」

そう言って足元にじゃれついてくる子どもを抱き上げようとしたウィンストンが、急に「いてっ」と言って右手で腰を押さえた。

「大丈夫ですか?」と史奈子が横から心配そうに手を伸ばす。

「ああ、ちょっと家に戻って、サロンなんとかを貼ってくるよ。あれはスースーしてよく効く」

ウィンストンはそう言って腰に手をあてたまま自宅に戻って行った。

「昔ながらの公営住宅地のコミュニティ・スピリットとアナキズムの親和性は高いって、そういえばコータも言ってました」

史奈子はウィンストンの後ろ姿を見送りながらそう言った。ウィンストンに去られた子どもがつまらなそうに指をくわえてジェイドのほうに戻ってくる。

「でも、個人的に一番すごいと思っているのは」

史奈子はそう言ってジェイドのほうを振り向いた。

「あなたたちのような女性たちが、行政を動かそうとしていることです」

「そんな……全然、動いてないですよ」

自虐的に微笑しながらジェイドがそう言って首を振った。

「これから動きます。これだけメディアや世論が騒いでいるのに、無視できるわけがない。絶対に動きます」

史奈子が自信たっぷりに言うので、ジェイドは尋ねた。

「どうしてあなたにそんなことがわかるんですか？」

「メディアで働く人間の経験というか、勘です。いまはすごくお疲れだと思いますけど、それは無駄になりません」

ジェイドは驚いた。占拠地の仲間たちが言わなくなった前向きな言葉を、海外から来た女性の口から聞こうとは思わなかったからだ。

「私も、ジャーナリストなんて呼ばれてますけど、職場では周縁に押しやられて、同等に扱ってなんかもらえない。そんな女性は世界中にいます。それで当たり前なんだと思い込んで黙っています。でもあなたたちは黙らなかった。諦めて口をつぐむのではない、もう一つの違う道を示した。それがどれほどの勇気をくれるか、あなたにはわかりますか？」

初秋の日の光を反射して史奈子の黒髪がきらきら輝いていた。同じ明るい光が、ジェイドの赤い髪にも降り注いでいる。

ジェイドはぎゅっと子どもの手を握り、遠い国から来た女性の顔を見ていた。史奈子は無言でにっこり笑い、ジェイドの目を見てゆっくりと頷いてみせた。

「今朝はほんとにすごい。これも、これも、そしてこれも。テレグラフを除いたら、全高級紙に記事が出ている」

占拠地に新聞をごっそり抱えてやってきたロブが言った。早朝のまだ静かな前庭で、テントの中にコーヒーと紅茶のポットを用意していたジェイドとローズが彼のほうを見る。

「ガーディアンなんか、社説でここの占拠運動を取り上げているし、タイムズですら経済欄の記事の中でちょっと言及している」

ジェイドとローズは、ロブから新聞を受け取り、それぞれ記事を読み始めた。

「高級紙の後押しは大きいよ。タブロイドや地方紙は前から取り上げてきてくれたけど、政治家たちはそういうのは気にしないから。でも、高級紙となると話は別だ。こうなってくるといよいよ区へのプレッシャーは大きくなる。どの記事も、裁判のことに触れているし」

興奮ぎみに語るロブに頷きながら、ジェイドは差し出された新聞の記事を片っ端から読んでいった。

区は占拠地からの即刻退去を要求し、それに従わないジェイドたちの裁判所への出廷を求めている。出廷の日は二日後に迫っていた。このタイミングで高級紙が一斉に運動に好意的な記事を出してくれることは有難かった。

「みんな、いろいろ嫌な目にもあわされてるけど、こうやってメディアが騒いでくれているから、大きな追い風になるよ」

ローズはそう言ってジェイドの顔を見た。

占拠運動は最初から一カ月の予定だった。それはみんなで話し合って決めたことで、その間にできるだけメディアの関心を集めて議論を広げ、行けるところまで行こう。それで何も達成できなかったら、次のことを考えようと、話していた。

E15ロージズのメンバーたちは、占拠地を一般の人々に解放すると決めたときから、こんなことは長くは続けられないと知っていた。みんな子持ちの母親である。子どものために落ち着いて暮らせる静かな環境が欲しいというのがすべての母親たちの願いだった。

だから裁判で区と争うと言っても、残すところあと十日足らずになった占拠運動を、当初の計画どおり最後まで行うか、区の言うとおりに途中でやめて退去するか、それだけの闘いではあった。

たかが数日の間、占拠地に留まるか留まらないかに拘(こだわ)って裁判沙汰にするなんてバカバカしいと言った母親たちもいた。もしも裁判に負けたら、自分たちがしていることはやっぱり違法であり、悪いことだという決着がついてしまうからだ。そうなれば、子どもたちがいよいよ学校でいじめられることになるから、やめてほしいと言った母親もいる。

勝てればいいが、負けたら。

一部のE15ロージズの母親たちの心配は、ジェイドにも理解できた。それに、運動は何かを求めて自分たちの声を上げることで、誰かに勝ち負けを決めてもらうものではない。

だけど、皮肉なことに区から訴えられたことで高級紙にも記事が載るようになったのは事実だった。

この運動を始めた頃の自分がこういう高級紙の記事を読んでいたら、飛び上がって大喜びしただろう、とジェイドは思った。だけど、いまのジェイドは、ここまでこの運動を続けてきたことで失ったものも知っていた。人に顔を知られるようになることの痛みや苦しみも知っている。

こんなことになってしまった。良い意味でも悪い意味でもこんなことにまでなってしまったのだ。

占拠地での日々は、毎日が祭りのようで、絶えることのない嵐の中にいるようで、いろんなことが目まぐるしく起きてどんどん物事が進展していく。だけど一人になったとき、子どもを寝かしつけた後に暗い部屋で一人座っているときなどに、こっそり心の中で呟いている自分にジェイドは気づくのだ。

あたしは裁判なんて望んでいなかったのではないか。

「これだけメディアが騒げば、裁判所にはものすごいたくさんの人が集まるだろうな。下町の小さな裁判所に、最高裁並みの報道陣が押し寄せるかも」

黙っているジェイドの顔を見て、ロブが励ますように言った。

「ああ、そう言えば、またラッセル・シャープがカメラクルーを連れて来るらしいよ。ガーディアンと何かの雑誌がその映像をサイトに載せる予定らしい」

「じゃあ、裁判所の前できちんとスピーチしたほうがいいだろう。マイクとスピーカーを手配して準備しておいたほうがいいな」

「垂れ幕とかもあったほうがいい。「勝利」って書いたバナーとかも用意しとく?」

ローズがそう言ってジェイドの顔を見ているので、ジェイドは答えた。

「でも、勝てるかどうかわからないし……」

ジェイドの答えにローズとロブが顔を見合わせていた。

「勝つよ」

ローズがしごく当たり前のことを言うように冷静な声で言った。

「どうしてそう言いきれるの?」

「ふつうに考えて、こうなってきたら、もうわかる」

ローズにしても、史奈子にしても、どうして自信たっぷりにこういうことが言えるのかジェイドにはわからなかった。

運動のど真ん中にいることは、台風の目の中に立っているのに似ている。ど真ん中に立っている自分が引き起こしている風や嵐の強度が本人にはまるで見えていないのだ。

「あんたは、自分が成し遂げようとしていることがまだわかってない」

ローズはそう言って、コーヒーのポットから一杯目のコーヒーをプラスチックのカップに注いだ。

ロブも黙って頷き、新聞紙を持って建物の中に入って行った。

ジェイドはローズが勧めたコーヒーを断り、黙って俯いたままテントのテーブルの上を片付け始めた。

ワンス・イン・ア・ララバイ

いよいよ出廷する前の日の夜、ジェイドは占拠地の部屋でいつものように子どもを抱いてゆらゆら揺らしながら寝かしつけていた。

「今日はまだ寝てくれないの？」

シンディが部屋に入って来た。

「うん。なんか今日は寝ついても一時間ぐらいしたらまた起きて、その繰り返し。なかなか深く眠れないみたい」

「興奮してるんでしょ」

「なんで？」

「明日、マミイがスターになるから」

シンディはそう言って無邪気に笑う。

「負けたらスターじゃないよ。国中の人たちのサンドバッグになって、ボコボコにされる」

ジェイドの言葉に、シンディは形の良い赤い唇をきゅっと尖らせた。

「どうしてそんな暗いこと言うの？　最近、ちょっと被害妄想が強いんじゃない？」

「そうかな……」

「疲れてるんだよ。それはしょうがないけど。あたしたち、みんなジェイドに頼っているから」

シンディはそう言ってポケットからスマホを出し、スクリーンの上に指を滑らせて子どもの簡易ベッドの脇に置いた。

スマホからオルゴールの曲が鳴り始めた。

聞き覚えのある旋律に、ジェイドはスマホの方を見た。

『虹の彼方に』だ。

「きれいなメロディーの音楽を聴かせながら、こうやってゆっくり顔を撫でてあげるの」

シンディはそう言って、ジェイドの子どもの左右の頬をゆっくりとやさしく指で撫ではじめた。

「いつもと違うやり方をしたほうが、こんなときは眠りにつくから、あたしに任せといて」

ジェイドは抱いていた子どもを簡易ベッドの上に降ろした。シンディに頬を撫でられながら、子どもが欠伸(あくび)をしている。

「ありがとう」

ジェイドはそう言い、簡易ベッドから離れて、へたり込むように床の上に座った。

「……ねえ、この曲が出てくる映画知ってる?」

シンディがゆっくり子どもの額を撫でながら言った。

「うん。『オズの魔法使い』だよね」

「あれ、母さんの大好きな映画だった。うちにＤＶＤがあって、子どもの頃に何回も見たんだ」

いつか子守歌で聞いたことがある国、虹の向こうにある、夢が叶う場所。ジェイドはその曲の歌詞を思い出していた。そんな場所は文字通り、子守歌の中にしかない。

「母さん、あんまりこの映画が好きで、トトっていう犬を飼ってたこともある」

シンディはそう言って笑った。

シンディの母親がトトという犬を飼っていたのは、まだ父親と一緒に住んでいた頃だった。シンディの母親が父親に暴力を振るわれたとき、トトが激しく吠えたてたので、父親がトトにもティーカップを投げつけ、足で蹴ったことがあった。それを見たシンディの母親は、その次の日にトトを動物保護施設に連れて行った。

「物を言えない動物に八つ当たりするなんて信じられない」

母親はそう言って泣いていた。母親がシンディたちを連れて父親の家から逃げたのは、その数日後のことだった。

「あたしたちは、弱いものを守らなきゃいけないときに初めて強くなれるって、母さん、よく言ってた」

二回、三回と欠伸を重ねた子どもが、顔の脇で握っていた拳をはらりと落として眠りについた。

「ジェイドのおかげだよ。本当に感謝している」

シンディが振り向いてそう言ったので、ジェイドは尋ねた。

「え？　何が？」

「この運動が成功しているのは、ジェイドがあたしたちの前に立って、いろんなところに行って発言してくれているからだもん。どんなときも恐れずに先頭にいてくれるからだもん」

ジェイドは驚いて首を振った。

「あたしはみんなのリーダーとか思ったこと一度もないし、みんなで一緒にやってきたからここまで来れたのに、そんなこと言われたらなんか……」

「あたしだけじゃないよ。みんなジェイドに感謝している」

シンディは微笑しながらそう言った。

「あたしたち、多かれ少なかれ、みんな旅の途中で西の魔女に何かを奪われちゃってたんだと思う。自信とか、やる気とか、人を信じる力とか。でも、この運動をやってから、けっこうイケてるんじゃないかと思うようになっちゃった。自分のことも、世の中のことも。だって、あたしたち、ここまで来れた」

「……」

「だから、明日、裁判でどんな結果になっても、そのことは少しも変わらない。心配しないでゆっくり寝てね」

シンディはそう言うと、長いカーディガンのポケットから銀色の小さな袋をジェイドに差し出した。

「このシートパック、すごく効くから、これやって寝たらいいよ。真っ黒なクマができてる顔でテレビに映るわけいかないでしょ」

シンディらしい気配りにジェイドは微笑んだ。

「ありがとう。それやってから寝る」

「じゃ、おやすみ」

シンディはシートパックの袋をジェイドに握らせてにっこりと笑い、小走りに部屋から出て行った。

旅の途中でみんな何かを奪われていたとシンディは言ったが、あたしたちはあらかじめ何かを奪われた場所で育ったのだとジェイドは思った。

貧しいということは、単にお金がないということだけではないからだ。それは、それが理由でほかの多くのものまで奪われてしまっている状況だ。いま知っていること以上の何かを教わる機会や、ここことは違う新しい環境に出会うチャンス。自分に対する自信とか、明日やあさっての生活への安心とか、他人を信頼する勇気。ドロシーが靴を片方奪われたように、あたしたちは片方しかない靴で歩いてきたのも同然なのかもしれない。

ジェイドの父親はいつも爪先が破れた靴を履いていた。

配送ドライバーだった父親と清掃員の母親は、限りなく最低に近い賃金で五人の子どもを育てた。働いても働いてもお金が足りず、父親が膝を悪くして手術を受けても仕事ができなくなったとき、失業保険を貰うようになり、失業期間が長くなると生活保護に切り替わった。

父親は酒を飲むようになり、家で暴れるようになった。父親を心底嫌う目で見るようになった母親は近所のおじさんといい仲になり、それがわかったとき、父親から追い出された。

いっそう酒量が増えて、アルコールづけの廃人のようになった父親は、一日中、居間のソファに座ってテレビを見ていた。朝起きてから夜寝るまで、ずっと同じ場所に座っていた。服も着替えず、靴が破れていても気にしなかった。

いつ見ても同じ格好をして同じ姿勢で座っている父親と暮らすのは、ウザかったし、臭かった。そして何より、へたに話しかけたりすると激怒して怒鳴られるから怖かった。

ジェイドも姉や兄たちのように、さっさと家を出ることしか考えていなかった。だから、保育園で働けるようになるとすぐにそうした。情けなくて恥ずかしい親だと思っていた。あんな親のもとに生まれた自分の不幸を呪うしかなかった。

でも、いまならわかる。

父親を壊してしまったのは、生活保護で生活していることに対する恥の意識だった。そして、それに追い打ちをかけるように冷たくなっていった近所の人々の視線。

貧しいことや、体を壊して働けなくなったことは、不運であって、恥だと思うべき罪ではないのに、父親は家族やテレビで喋っている人に毒づきながら、本当は自分自身を罵倒していた。社会の役に立てなくなった能無しだと自分で自分を差別し、ゆっくり殺そうとしていた。

根腐れして枯れていく大木のように、ずっとテレビの前に座っていた父の後ろ姿が浮かんだ。

尊厳だ、とジェイドは思った。

あの後ろ姿が剝奪されたものは人間の尊厳だったのだ。

ジェイドは立ち上がり、ティッシュで涙を拭くと、バスルームに行って洗面台の前に立った。そしてシンディにもらった銀色の袋を開けて、べちゃべちゃに濡れた白いシートパックを広げて丁寧に顔の上に乗せていった。

火照っていた肌がスッとして気持ちが少しずつ落ち着いてくる。

R・E・S・P・E・C・T。

ジェイドは腰に両手を当てて鏡の前に仁王立ちし、そうつぶやいた。少しばかりのリスペクト。それを勝ち取るためにジェイドは明日、裁判所に立つ。リスペクトのないところに尊厳はないから。尊厳のないところで人は生きられないから。

いざ、裁判へ

ロンドン東部の小さな治安判事裁判所の前には、すでに人だかりができていた。

テレビ取材班たちが場所を陣取り、録画や音声のテストを行っている。その脇には、プラカードやバナーを手にした一般の人々も集まっていた。裁判所の玄関にもっとも近い場所には、長髪を風になびかせ、黒い革のパンツを穿いて紫色のビロードのジャケットを着た、七〇年代のロッカーみたいなコメディアンのラッセル・シャープがカメラクルーをひき連れて立っている。

真っ赤なダブルデッカーバスからジェイドたちが降りてくると、一斉に取材班のカメラが向けられた。まるでパパラッチに追われるスターのように顔を下に向けて、パンツスーツ姿のジェイドとギャビーが舗道に降りる。

ダブルデッカーバスで裁判所に向かうよう提案したのはロブだった。運動のメンバーたちが一緒にいけるようにと、また無料でバスを貸してくれたのだった。E15ロージズのメンバーたちは、ロンドン市長のボリス・ジョンソンに会いに行ったときみたいに、バスの二階からバナーをいくつもぶら下げ、道行く人々に手を振ったり、コールの声を上げたり、歌ったりしながらみんなで裁判所に乗り込んできた。

「心の準備はできてる?」

E15ロージズのメンバーたちの最後に降りてきたローズがジェイドにそう聞いた。

「もちろん」

ジェイドがにっこり笑うと、脇でギャビーも頷く。二人とも、今日はオフィスで働いている女性のようないでたちで、特に髪をひっつめにしたギャビーは別人のように大人っぽかった。

カメラを抱えた取材陣たちを押しのけるようにしてラッセルが近づいて来る。黒いサングラスを外し、それを頭の上にヘアバンドのように乗せて、ラッセルはいきなりジェイドをハグした。

「グッド・モーニング。気分はどうだい？」

「悪くありません」

ジェイドがそう答えると、ラッセルは今度はギャビーをハグし、

「君も大丈夫？」

と優しく尋ねた。

「もちろん」

やや緊張した表情でギャビーが答える。ラッセルのカメラクルーが近くからその一部始終を撮影していたからだ。

「ジェイド、昨日は眠れましたか？」

「勝てると思いますか？」

「あなたたちの訴えが認められなかったら、今日のうちに占拠地から退去するのですか？」

遅れて近づいてきたジャーナリストたちが一斉にジェイドに声をかける。

「ジェイド、裁判所の前に立って、短いスピーチをしたほうがいいな。そうじゃないと、バラバラに質問が飛んできて収拾がつかなくなるから」

ラッセルはそう言ってジェイドを裁判所の玄関の前に連れて行った。彼のスタッフの一人がジェイドにマイクを渡す。

ぞろぞろ移動してきた取材陣を前に、ジェイドは語り始めた。

「みなさん、今日はこんな朝早くから取材に来てくださってありがとうございます。これから

この建物の中の裁判所に出廷してきます。正直、とても緊張していますが、同時に、あたしたちは希望を捨てていません」

ジェイドがそう言うと、ラッセルが「捨てる必要ないさ！」と言って拳を突き上げた。その突き上げた腕の向こう側に、カメラを構えた史奈子と幸太が立っているのが見えた。ジェイドは史奈子のカメラにとびきりの笑顔を向け、すうと息を吸って言葉を続けた。

「この運動は、どこにでもいるシングルマザーたちが始めたものです。少しばかり人より不運な目にあい、ついに住む家すら失くしてホームレスになっていた若い母親たちです。三十人にも満たない母親たちの運動がここまで来るとは思っていませんでした。ここまで、というのは、あたしたちの居住の権利をめぐって区と裁判で争うところまで、という意味です。区は空き家だらけの公営住宅地を何年も放置してきました。いい値段で売れるときにすぐ売るためです。みなさんご存じのように、公営住宅は区の資産です。区がこれらの資産を持っているのはなぜでしょうか。それは、住民のために使うためです。それを運用してさらに資産を増やすためじゃない。少なくとも、それがE15ロージズの信念です。だから、今日どんな判決が出ようと、あたしたちはこのことを訴え続けます。この国の政治が人々のために資産を使い、人々の尊厳を守るようになるまで、あたしたちが黙ることはありません」

ジェイドはそう言って、脇に立っているギャビーにマイクを手渡した。急にマイクを渡されたギャビーは当惑した表情を浮かべたが、すぐに落ち着いた顔になり、ぎゅっとマイクを握りしめて喋り始めた。

「いま、いきなり彼女が「尊厳」とか言うので、……ちょっと考えてたんですけど、あたしたちが「ロージズ」という名前を名乗ったのも、そういうことだったんだと思います。薔薇は人の尊厳を象徴する花だから。住まいは人の尊厳です。塒（ねぐら）のない人々に住まいを与えることは、人間の尊厳を守ること。人は誰だって安全で温かい場所で眠り、子を育てる権利があるんだと信じること。区長だろうと誰だろうと、この薔薇を踏みつけることは許されません。闘ってきます」

ギャビーがそう言ってマイクを降ろすと、集まった支援者たちから大きな拍手が巻き起こった。史奈子もカメラを降ろして、右手の拳を突き上げている。その隣では幸太が片手の親指と人差し指を口に突っ込んで、ピーピーッと大きな指笛を鳴らしていた。

少し離れた場所ではラッセルがメモ帳を手にしたジャーナリストの女性からインタビューされ、真面目な顔で何かを話し込んでいる。ずっと後ろのほうに目をやれば、舗道のフェンスに腰掛けてロブとローズがタバコを吸っていた。その近くでは、シンディと数人のメンバーたちが舗道を歩く人々にビラを手渡している。

みんながここにいる。

みんなここにいて、裁判が終わるまで自分とギャビーを待っていてくれる。

そう思うと、ジェイドは自分がアルセロール・ミッタル・オービットよりも巨大なものになった気がした。

「じゃ、行ってきます」

ジェイドがそう言うと、再び拍手と歓声が上がった。ギャビーがゆっくりと裁判所の重いガラスの扉を開ける。二人は胸を張り、顔を上げて建物の中に入って行った。

勝利だよ！

ギャビーがいたずらっ子のように目を輝かせて微笑んでいる。そしてここに入ってきたときのようにガラスの扉を開くと、片手でそれを押さえたまま、ジェイドを自分より先に外に出そうとした。

「ありがとう」

ジェイドは建物の外に足を踏み出した。

なんとなくダレた様子でぼんやりしていた取材陣が、一斉に裁判所の玄関前に移動してくる。

「ジェイド！」

取材陣をかき分けるようにしてラッセルが駆け寄って来た。

「どうなった？　どうだったんだい？」

長身のラッセルがジェイドに覆いかぶさるようにして質問をする。

「勝利だよ！」

黙って笑っているジェイドの背後からギャビーが叫んだ。

「予定どおり、最後の日まで占拠は遂行する！　最後まで運動を続けていいと認められたんだ」

ギャビーの声を聞いた取材陣たちがわっと集まり、二人とラッセルが並んでいる姿を写真に撮り始めた。

「素晴らしい！　それはワンダフルな結果だ」

そう言って、がばっとラッセルがジェイドをハグした。続けてギャビーのほうに歩いて行き、同じように力強くハグする。

ジェイドが口を開くより前に、興奮した顔つきでギャビーが両腕を挙げて叫んだ。

「裁判所の中にいる人たちにも聞こえるぐらい祝福の声をあげてください！」

支援者たちから一斉に拍手と歓声が湧き起こる。ラッセルのアシスタントがマイクを持って来てジェイドに渡した。ジェイドはすうと息を吸い、喋り始めた。

「二〇一四年十月十四日まで、Ｅ15ロージズは当初の予定通りに占拠を続けます。たったいま、裁判所でその決定が下されました。こうして取材を続けてくれたメディアのみなさん、そしてこの運動を支え続けてくれた賛同者のみなさんのおかげです。みなさんの助けと支援の声がなければ、占拠を続けることはできなかったでしょう。ありがとうございました」

ジェイドがそう言うと、ギャビーがジェイドの肩を叩き、マイクを自分の手に握った。

「これは終わりじゃない。ロンドンの住宅危機と住民の闘いは、いま始まったばかりなんだ！」

ギャビーが涙声でそう言って拳を突き立てると、いっそう人々の歓声が大きくなった。一緒にダブルデッカーバスでやってきたE15ロージズのメンバーたちの中にも、涙を拭っている母親たちがいた。ぎゅっとハグし合っているメンバーたちもいる。

ジェイドは両手で自分の胸を抱きしめながら立ち、その光景を見ていた。

本当によかった。

もし、二十四時間以内に退去させられることになっていたら、自分たちの行為は間違っていたことになる。E15ロージズのメンバーと子どもたちは、「悪いことをした人間」認定を受けた者として、さらなる誹謗中傷を浴びることになっていた。

敗けずにすんだ……。そう思うだけで肩から力が抜け、その場に崩れ落ちてしまいそうだった。自分の上半身を抱いて立っているジェイドを写真に撮っていた史奈子が、カメラを下に降ろしてジェイドに近づき、急いで肩を抱いた。

「大丈夫ですか？」

「……シーナ、うん。大丈夫」

ジェイドはそう言って笑ってみせたが、史奈子は心配そうな顔でジェイドの背中をさすっている。

「お水、飲みますか？」

史奈子は肩から下げた大きなトートバッグの中からミネラルウォーターのボトルを出し、ジェイドに渡した。

「長時間だったから、疲れたでしょう。これ、どうぞ」

ジェイドはボトルの蓋を開け、水を一口飲んだ。緊張してからからに乾いていた喉に、冷たい水が染み渡るようだった。

「おいしい」

いつの間にか幸太もやってきて、史奈子の脇で満面の笑みを浮かべながら親指を突き上げていた。

「ファッキン・ブリリアント」

その英語の発音を聞いてジェイドが言った。

「なんか、すごいロンドナーっぽい英語を喋ってる」

「ですよね。この人、私よりぜんぜん英語うまくなりそう」

史奈子もそう言うので、幸太は「リアリー?」と言って照れていた。

ジェイドはボトルからもう一口水を飲むと、取材陣のカメラのフラッシュを浴びているラッセルとギャビーのほうを見た。

取材陣から少し離れた後ろのほうにE15ロージズののぼりを振り回しているローズの姿も見えた。その脇からロブが歩き去っていく。近くに停めてあるダブルデッカーバスを取りに行くのだろう。

凱旋だ。みんなでダブルデッカーバスに乗って占拠地まで凱旋するのだ。

自分たちの要求は正当なものだったとようやく大声で叫ぶことができるのだ。

ジェイドはミネラルウォーターのボトルを高く掲げて叫んだ。

「ファッキン・ブリリアント」

裁判所の前に集まった人々から大きな拍手と笑い声が湧き起こった。

リヴェンジは蜜の味

それから三日経った朝のことだった。

なぜか早朝からどんどんジェイドの携帯にテキストメッセージが入ってきていた。

「今朝のガーディアンを読んだ感想は？」

「おめでとう。電話で話を聞かせてもらえますか？」

「ついにやりましたね。コメントをお願いします」

同じような内容のボイスメッセージも何件か残されている。どうしたんだろうと思っていると、誰かがドンドンドンドンとしつこく玄関のドアを叩く音がするので、ジェイドはついに起き上がり、パジャマの上にバスローブを羽織って廊下に出て行った。

玄関を開けると、新聞を握りしめたローズが立っている。

「これ、読んだ？」

「え？」

「すごい記事が載ってるよ」

ジェイドは、言われるままに、大きなポストイットが張られた新聞のページを開いた。そして、そこにあった記事のタイトルと執筆者の名前にあっと声が出そうになった。

ザ・サンクチュアリに住んでいた家族に謝罪する

ロビン・ジリアン

違法に占拠されたウッドワーカー公営住宅地の一部の建物が十月十四日にニューアム区に返還されることになりました。違法占拠された建物から直ちに退去することを要求しなかったのは、若年者とその家族を対象としたホステル、ザ・サンクチュアリに住んでいた母親たちの主張にも妥当な部分があるからです。

ホステルは一時的な宿泊施設です。ですから、子どもを持つ人々が暮らす場所としては適切と言えません。彼女たちはあのホステルに居住していた間、あくまでも次のステップとして自立する準備をしていたのであり、長期的にザ・サンクチュアリで生活するためではなかったことをまずご理解いただけると幸いです。

とはいえ、我々は区として、もっと早い時期から彼女たちに包括的な支援を提供するべきでした。もちろん、何もしなかったわけではありません。彼女たちが民間の部屋を借りる際に受けられる敷金補助制度、彼女たちに住居を提供する大家への特別な奨励制度を設けるなどして、ザ・サンクチュアリの住人たちが強制退去の可能性に脅えたり、再びホームレスになったりすることのないよう努力してきました。

こうした努力は間違っていないと思いますが、ごく初期の段階において、区とザ・サンクチュアリを運営する機関による彼女たちへの対応には適切でない点もありました。それをここに認め、謝罪させていただきます。

約二十エーカーのウッドワーカー公営住宅地は、早急に再開発を必要としています。昨年、我々もその一部を暫定的な住居として必要な人々に提供しようとしましたが、様々な事情があって断念せざるを得ませんでした。しかし、もっと本気で取り組むべきだったのは事実です。その深い反省に立ち、我々は、同公営住宅地にある、比較的傷みの少ない四十戸の住宅を住む家のない人々に提供することに決定し、その準備に着手したいと考えています。

わが区が抱えている問題は、ロンドン全体に広がる住宅危機のほんの一部に過ぎません。賃貸住宅の不足、そして保守党政権による生活保護受給者への締め付け、とどまることを知らない家賃の高騰。さらには、公共の賃貸住宅の水準の劣化の問題もあります。

もしもまた来年の総選挙で保守党が勝利し、政権を維持することになれば、財政支出の削減が続行されることになります。地方自治体の予算はいっそう縮小することになり、公営住宅の提供を拡大するどころではなくなるでしょう。

しかし、ラディカルで達成可能な代替策を打ち出している労働党が政権を握れば、状況は変わります。公営住宅を民間に売却するのではなく、地方自治体の手に戻すことで、手頃な家賃の住宅を区民に提供できるようになるのです。

保守党政権による緊縮財政政策が始まって以来、住民への支援は次々と削減されています。保守党は、地方自治体への交付金を大幅に削減してきたからです。保守党は市井の人々の悲鳴など気にしていません。彼らは自分たちの支持基盤である裕福な層だけを喜ばせていればいいのですから。

たとえば、ウエストミンスター区は、ホームレス住居支援助成金として、毎年八百万ポンドを与えられていますが、わが区は助成金を大幅に削減され、その十分の一の金額しか受け取っていません。ウエストミンスターのような裕福な区は、ホームレスの人々とその家族を住まわせるための住宅をロンドン中から買い漁ることができます。その結果として、我々のような貧しい区から、区内のホームレスの人々が住むための家がなくなってしまうのです。

ロンドンの住宅危機の問題を解決するには、政治的な意志と投資が必要です。そして保守党はそれをずっと放置し、無視し続けてきました。

このような政府および与党を、これ以上、我々は信用することができるでしょうか。来年もまた彼らに政権を取らせたら、この問題はけっして前進しない。国民は、そのことを肝に銘じて総選挙で一票を投じなければいけません。ウッドワーカー公営住宅地で占拠運動を行った母親たちはそのことを我々に教えてくれたのです。

「来年の選挙戦に向けて、都合よく労働党の宣伝に利用されてるのはムカつくし、都合のいいことばっかり書きやがってと思うけど、でも……」

脇に立って記事を覗き込んでいたローズが言った。廊下に立ったまま記事を読んでいたジェイドは、最後まで読み終えると、小さく呟くように言った。

「うん……謝ってる……、謝ってるじゃん」

「そうなんだよ。あっはっはっはっは。めちゃくちゃいい気分じゃない？」

ローズはそう言って顔を皺くちゃにして豪快に笑った。

「あんたたち、あのジリアン区長に謝罪させたんだよ！」

ローズがそう言ったところで、ジェイドのバスローブのポケットの中でスマホが着信音を発した。出してみると、ラッセルからのメッセージだ。

「最高の気分じゃないかい？　こっちは朝から祝杯をあげてるよ」

ジェイドがスマホをかざしてそのメッセージを見せるとローズも笑っている。

「いま見てびっくりしています」

ジェイドがそう返信すると、ラッセルからこう返って来た。

「君たちが勝ち取ったリスペクトに乾杯！」

一年前、ギャビーとシンディと三人で区役所に行った日のことをラッセルに話したことがあった。数名の男性職員から外に追い出されたあの日のことだ。

「ホームレスをシェルターから追い出すのはファッキン虐待じゃないのかよ」と言ったギャビーに、「職員へのリスペクトを示してください」と区の職員は叫んだ。彼らはギャビーを両脇から挟むようにして無理やり外に連れ出した。住む家を失って相談に来た自分たちをまるで犯罪者のように扱い、社会の汚物か何かのように建物の外に出そうとした。

「これがあなたたちの、住民に対するリスペクトですか」

ジェイドが職員たちに言うと、彼らはみな、ふふ、と冷ややかに笑ったり、肩をすくめたりしたのである。

あんなに自分が小さく感じられたことはなかった。自分たちだって人間なのに、どうしてこんな扱いを受けるのかと、これまで感じたことがなかった獰猛な怒りがこみ上げてきた。思えば、あの燃えるような原初の怒りがこれまでジェイドを支えてきたのだ。

そしていま、役所のトップである区長が、ジェイドたちに謝罪している。全国紙で自分の名前を出して、公式に謝っている。たぶん、選挙を控えた労働党のお偉方にやれと言われて仕方なくやったのだろうが、それでも謝罪は謝罪だ。

「よくやった。あんた、ほんとによくやったよ」

心なしか湿っているローズの声を聞いて、ジェイドの瞳までじんわりと湿ってきた。

と、開け放した玄関の扉をノックする音がして、ドアの陰から丸めた新聞を握りしめたロブの上半身が現れた。

口を開けて何かを言おうとしていたが、ジェイドとローズが廊下で抱き合っているのを見るとロブはただ微笑し、そのまま何も言わずにドアの向こうに消えて行った。

最後の夜に

がらんとした占拠地の一階の部屋に、ジェイドとギャビーとシンディだけが残っていた。

明日の退去日を前に、バナーもプラカードも全て取り外し、寄付された物品もすべて慈善施設に送って家具も処分した。がらんとした殺風景な部屋に三人の若い母親たちが座っている。

ここに乗り込んできたときと同じように、それぞれの荷物はスーツケースとリュックが一つずつ。明日は、この荷物と子どもを連れて、三人とも区が用意してくれた住居に移る。

「誰もいないと、あんなに広い庭だったのかとびっくりしちゃうね」

窓の桟に座って前庭を眺めていたシンディが言った。街灯に照らされた夜のウッドワーカー公営住宅地はひっそりとしずまり返っている。

「また三人になったね」

シンディが言うと、ギャビーが答えた。

「あたしたちはもう三人じゃないよ。今日だって、たくさんの人たちが手伝いに来てくれたから、予定より早く退去の準備が終わった」

ジェイドはビールの缶を握りしめたまま、ふうと息を吐いて言った。

「ほんの一カ月だったなんて信じられない。一年ぐらいここにいたような気がする」

「うん、まあ、濃密だったもんね。毎日いろいろあって忙しかったし。特に、ジェイドは」

シンディが言うと、ジェイドがぼそっと呟いた。

「みんな戻って来ないかな……」

「みんな」とは、運動から離れて行った仲間たちのことだった。こんなことをしても何にもならない、署名運動や占拠より、現実的に自分の住む場所を探したほうがいいと言って、子どもを連れて去って行ったザ・サンクチュアリの母親たちである。

「ようやく区があたしたちのために家を用意してくれるようになったのに、彼女たちはもうここにはいない……」

ジェイドの言葉を聞いていたギャビーが、苦い顔をしてグイッとビールを喉に流し込んだ。隣の部屋に住んでいた友人のことを思い出したからだ。

いつかは追い出されるホステルに居座っても、何の解決にもならないと彼女は言った。区長や住宅協会に抵抗したところで、次の住居が見つかるわけではないじゃないかと。運動なんて夢見がちな大学生みたいなことをしたところで何になるんだと彼女は笑った。

だけど、区長はついにE15ロージズに謝罪した。いまや区はすべての母親と子どもたちのために適切な住居を提供すると約束している。

ギャビーは、途中で運動から抜けて行った仲間たちを責める気にはならなかった。あたしたちはあまりにも長いあいだ、いや、生まれたときからずっと、他人はあてにならないと思い込まされてきた。自分たちのような人間のことを気にする人なんて誰もいない、それがリアルな現実なんだと信じ込まされていた。本当にこれまでは、そんな経験ばかりして生きてきたから、それ以外の可能性なんて想像できなくなっていたのだ。

「なんか悲しくなるよね」

ギャビーが言うと、ジェイドも頷いた。

「うん……」

「でも、とりあえず、今日はお祝いしよう。よくやったもん、あたしたち。ね、もらったケーキを食べようよ」

シンディはそう言って窓の桟から腰を上げ、ギャビーとジェイドの前に置いてある白い箱を開けた。

「きゃあ、すごい！　ビクトリア・スポンジケーキ！　苺とホイップクリームがいっぱいついてる。超かわいい！」

「……ほんと、ちょっと食べるのもったいないね」

とジェイドが言った。カットされた苺を何重にも円形に並べて作られた薔薇の花は、素人が作ったケーキとは思えない、息をのむような職人技だった。

「まさかあのおっさんに、こんな特技があったとは……」

ギャビーも驚いている。

「むかし、アナキストの仲間たちと一軒の家をスクウォッティングしてたとき、お金がなかったから、自分たちで毎日パンを焼いてたんだって。そのときにロブがパン作りにはまっちゃって、ケーキとかクッキーとかも焼くようになって、誰よりも上手だったってローズが言ってた」

シンディが説明している脇で、ロブに貰ったケーキの箱についていた小さな白いカードを開いたジェイドが言った。

「見て、これ」

カードの中にはこう書かれていた。

For the girls singing Bread and Roses（パンと薔薇を歌う女の子たちへ）

「キザなおっさんやな……」

ギャビーがそう漏らすと、シンディが考え事をするように腕組みをしながら言った。

「薔薇って言えばさ、あたし気になってたんだけど、ローズとロブって昔つきあってたの？」

「え？」

とジェイドがシンディの顔を見る。

「あたしはそんな話、聞いたことないけど？」

「ふうん」

ギャビーもシンディのほうを見て尋ねる。

「あたしも聞いたこともないし、考えたこともないけど、あんた、何か知ってるの？」

「いや、そういうわけじゃないんだけど……、なんとなく、時々そうなのかなと思う瞬間があったから」

シンディはそう言いながら大輪の苺の薔薇の中心にナイフで切れ目を入れた。

「あんたは何でもそっちのほうに考えがちだから。単なる同志だと思うけどな。ところで、あんたこそ、どうなの？　コータ、もうすぐ日本に帰るじゃん」

ギャビーに聞かれてシンディが答えた。

「別にもういいの。好みだけど、ぜんぜん脈ないし。それに、シーナの家に泊まってるって言ってたから、やっぱりガールフレンドなんじゃないの？」

切り分けたケーキを白い紙ナプキンに載せてギャビーとジェイドにそれぞれ手渡しながら、しみじみした口調でシンディが言った。

「あたしはもう、しばらくいいな、男の人は」

「え、なんで？」

「だって……」

シンディはギャビーとジェイドの顔を交互に見た後に、なぜか恥ずかしそうに視線を下に落としながら言った。

「そんなものより、もっと大事な友達ができたから」

「ええっ」

ものすごく意外な言葉を聞いたという風に大袈裟にのけぞりながらギャビーが言った。

「……あたし、ずっと同性には嫌われるタイプだと思ってた……、だから男には苦労してきたのに、それでもどこかで男にくっついていくしかないと思ってて。男に殴ったりひどいことされたりしても、結局この社会で頼りにできるのは男なんだって思い込んでたんだろうと思う」

ジェイドもギャビーもナプキンで包んだケーキを手に持ったまま、シンディの話を聞いていた。

「変だよね……、父親の家から逃げた母親のこと誇りに思ってたはずなのに、自分はいつも父親みたいな男とくっついてた。でも、もうそれも終わり」

そう言って、シンディは自分のケーキを手に取ったナプキンの上に載せた。

「あたしたち、あたしたちだけでこんなすごいことやれたんだから、男なんていらないもん」

きっぱりとした口調でシンディが言うと、ギャビーが醒めた声で答えた。

「そうかなあ……、あたしは男、要るよ。やっぱ男が好きだもん」

「うん、あたしも。そろそろ恋人ほしいと思ってる」

ジェイドが賛成するとシンディがふっくらした唇を尖らせた。

「えー、そりゃあたしもそうなんだけど……、でもあたしが言ってるのはそういうことじゃなくて、もー、二人とも意地が悪すぎ」

ロブの手作りケーキにかぶりつき、「げ、これうまい」とコメントした後で、上目遣いにシンディの顔を見ながらギャビーが低い声で呟いた。

「わかってるよ」

「うん」

とジェイドも頷く。

はにかむような、だけど満足げな表情でシンディはそれを聞き、自分もケーキにかぶりついた。

透明のゼラチンできれいにコーティングされた苺の薔薇の花びらは、少しばかり酸味が強かったが、でも十分に甘かった。

終章

エピローグからまた始まる

プリムローズ・ヒルの雨傘

社長室の机の上に置いた一本の折り畳み傘を、ロブは物憂げな眼差しで見つめていた。黒地に大柄の赤い薔薇がプリントされた派手なその傘は、実は昔、ロブが恋人にプレゼントしたものだった。プレゼントといっても、あの頃は貧乏だったから、チャリティー団体経営のリサイクルショップで一ポンドか二ポンドぐらいで見つけたものだったと思う。だからというわけでもなかろうが、恋人はこの傘を見たとき、「傘なんて、あたしはささないよ」と受け取らなかった。

確かに、彼女は傘をさして歩くような女ではなかった。カーキ色のアーミーコートのフードを被って雨の中を大股で突き進む女。そんなタフなイメージの女だった。

そんな恋人になぜ傘のようなヤワなものをプレゼントしたくなったのかといえば、その頃、彼女は様子がおかしかったからだ。食欲が落ちて痩せこけ、デモの現場で倒れたりしていた。自分と肩を並べて闘う勇ましい同志だと思っていた恋人が、急に脆弱な存在になってしまったのだ。

仲間たちとスクウォッティングしていたプリムローズ・ヒルの家で、ロブは彼女のために甲斐甲斐しくリゾットやチキンスープをこしらえた。青い顔をした恋人は、「ありがとう」と言って少し食べるのだが、「ごめん、やっぱり無理」と言ってスプーンを置き、トイレに走っていくのだった。

なんだかんだ言っても、ミドルクラスの家庭で育った恋人に、廃墟同然の家のスクウォッティング生活なんて無理だったんじゃないかとロブは思った。屈強そうに見えても彼女のような階級の人間にはこんなに貧しく不衛生な生活は無理なのだ。

オロオロしながら、弱っていく恋人を見ていたロブに、彼女はついに言った。

「あたし、いったん家に戻ろうと思う」

いま思えば、せめて、いったい彼女に何が起きていたのか、ちょっと聞いてみるぐらいのことはすべきだったのに、若かったロブは無駄にクールぶってしまった。

「そう決めたのなら、そうすれば」

恋人はしばらく沈黙していた。

そして、眉間に皺を寄せてロブを睨みながら、こう言ったのである。

「うん。じゃあそうする」

体がきつそうな様子でリュックに荷物をまとめる彼女を、ナイラが脇で手伝っていた。出ていく準備をしている恋人の姿を見るのはつらいので、わざとキッチンに閉じこもってパンを焼いていたロブのところに、ナイラがやってきて言った。

「ロブ、ほんとにこれでいいの？　彼女を家に返しちゃったら、もうこれっきりになるかもしれないよ」

「家のほうが居心地よくてこれっきりになるのなら、その程度のものだったんだろ、彼女の闘いなんて」

おさげ髪にボストン眼鏡をかけたナイラは、目に涙を浮かべていた。どうしてこんなに強がって、マッチョぶってしまうのか。ロブは本当の気持ちからどんどん遠ざかっていく自分の態度を止めることができなかった。

玄関先で仲間たちに別れを告げている恋人の声を、ロブは物陰から聞いていた。

「とにかく体を治して」

「お大事に」

「また戻ってくるよな」

恋人は特徴あるハスキーな声で、「うん」とか「ありがとう」とかごく短く答えていた。

そして誰の声も聞こえなくなったとき、ロブはひとり玄関先に出て行った。が、当然のように彼女の姿はそこになかった。

もはやクールに気取っていることは不可能になり、ロブは表通りに駆けて行った。小雨の中を地下鉄の駅のほうに歩いていく恋人と、その肩を抱くようにして付き添っているナイラの姿が見えた。

「待てよ」

道路を走って渡ってくるロブのほうを二人が振り返った。

「これ」

ロブはそう言って、薔薇の花柄の傘を恋人に差し出した。目の前に突き出された傘をじっと見ていた彼女は、視線を上げ、ロブの顔を見て言った。

「いらないから、それ」

「でも、雨が降ってる」

「あたしは傘なんてささないって言ったでしょ」

彼女は凄みをきかせた目でロブを睨みつけていた。

ほかに言いたいことがあるんじゃないの？　いま言わなくちゃいけないことはそれじゃないでしょ、と言いたげな顔でナイラがロブを凝視している。

「でもこんな傘、俺が持っていてもしかたがないし」

ロブはナイラの視線を感じながらもそう言った。恋人は、ますます冷たく尖った口調になって言った。

「じゃあ、捨てたらいいじゃない」

だけど、ロブはこの傘を捨てられなかった。だから幾度ものクリスマスが過ぎ、世紀さえ変わっても寝室のクロゼットの中やオフィスの机の引き出しの中にずっと持っていた。

まさかあの後、ほんとうに恋人との連絡が途絶えるとは思わなかった。結局、あれっきり何十年も彼女と会うことはなかったのである。

それが、なぜかいまになって彼女から連絡をもらい、新しい運動を手伝ってほしいと言われた。そして、あの頃のように彼女と一緒に闘い、大きな勝利を手にした。それは、自分の中にくすぶっていた青春にけりをつけるようでもあった。

だが、ロブにはまだ一つだけ引っかかることがあった。

いまでは孫もいる元恋人の、娘の年齢がどうしても気になるのだ。伝え聞いている年齢から逆算していけば、あのとき、体調を崩して出て行った恋人が、その同じ年に産んだことになるからだ。

もしかして?

そう思ったロブは、ナイラに探りを入れた。が、「そんなわけないでしょ」と一笑に付された。

しかし、ロブはそのときのナイラの反応のおかしさに気がついた。「そんなわけないでしょ」と言った後で、ナイラが「ばかじゃないの」と言ったからである。

ナイラは人に「ばか」とか言ったりしない。そんな言葉は冷静で知的な彼女の語彙にはない。ということは、何かが彼女を動揺させている。または、彼女らしくない強い言葉を使ってでも否定しなければならない理由があるのだ。

木製の大きな社長机に頬杖をつき、ロブはじっと花柄の傘を見つめていた。そして知らないうちに頬杖なんかついている自分に気づき、はっとした。両方の掌にあたる頬が、いつの間にか柔らかくたるんでぷるぷるしているのに違和感があった。昔はこう、もっとしゅっと精悍(せいかん)に引き締まっていたものなのに。

ロブは視線を机の端に置かれたスマホに移した。そして意を決したようにスマホを手に取り、昔の恋人へのメッセージをタイプし始めた。

そのカフェで彼女と会うことにしたのは、自分の知りたいことを確かめるのに最もふさわしい場所に思えたからだ。

ウッドワーカー公営住宅地の占拠地でも、自分たちがスクウォットしていたロンドン南部の邸宅の話は何度か話題になった。廃墟と化していたその大邸宅に寝泊りしていたスクウォッターは、多いときには二十人以上いたように思うが、常時住んでいたのは七、八人だった。ロブたちが青春の一ページを過ごした邸宅は、現在はミドルクラスのヒップな人々向けのヨガ&ヒーリング・センターになり、玄関から入ってすぐの広い客間は北欧風インテリアのこぎれいなカフェに生まれ変わっていて、丸めたヨガマットを椅子の脇に立てかけた女性たちがコーヒーを飲みながら談笑している。

先に着いてその懐かしい空間の隅に腰かけていたロブは、何とも言えない気持ちになってきた。瞳を閉じると、仲間たちが笑う声や議論する声が聞こえてくるような気がした。誰もが若くて、尖っていて、美しかった。みんな二十代で、世界や未来は自分の手のひらの中にあると信じていた。

ふと目を開けると、ロブの瞳に、こちらに向かって歩いてくる昔の恋人の姿が飛び込んできた。彼女もいまは相応に年を取り、いつものように眉間に皺を寄せて怖い顔をして近づいてくる。

「ハロー」

ローズはそう言って、ロブの向かいの椅子に座った。

「すぐわかった、ここ?」

「すっかり見違えちゃった。外壁も煉瓦じゃなくてグレーの壁になって。いま風のしゃれた建物になっちゃってるじゃない」

ローズはそう言って、数分前にロブがしていたように室内の壁や天井を見まわしていた。

「見たことなかったんだ、あれから」

「うん。全然」

「そうか。俺はタクシーの運転手時代に何回も前を通ってたし、外からはよく見てた」

「フラットか何かになってるんだろうと思ってたよ。この辺ならすごく高く売れるだろうしね」

「いまはヨガ・センターだけど、その前は小さなブティックホテルだった。で、その前はフレンチ・レストラン」

「へえ、よく知ってるじゃん」

ローズはそう言って、壁のブラックボードに書かれたメニューを見ていたが、すっと片手をあげ、ウエイターにグリーン・スムージーを注文した。

「スムージーなんて飲むんだ」

「うん。悪い?」

「悪くないよ……。ただ、ここにいた頃と比べれば、えらくヘルシーになったなと思って」

「そりゃあんた、いい年だもの。お互い体を大事にしないとね」

ローズはそう言って目の両側を皺だらけにして笑った。

「あんたもグリーン・スムージーとか飲んだほうがいいよ。その出っ腹なんとかしないと、どんどん足腰が悪くなるよ」

「放っとけ。俺の体だ」

ロブも顔を皺くちゃにして笑っている。

ほんの二週間前まで、ウッドワーカー公営住宅地で毎日顔を突き合わせていたが、ローズがこんなに健康志向になっているとはロブは知らなかった。たぶんお互いに知らないことがたくさんあるのだ。

しばらく黙って店内を見回していたローズが、しみじみと、だけど皮肉っぽい口調で言った。

「ミドルクラス風に浄化されちゃったんだね。あたしたちの占拠地も」

「まあ、あれから何十年だからね」

「そりゃそうだ。でも、いろんな意味で時代はあの頃に戻ってる気がするけどね」

「確かにな」

ウエイターがコーヒーとグリーン・スムージーを運んできた。

ロブは意を決したように紙袋から折り畳み傘を出してテーブルの上に置いた。

「これ、覚えてる？」

ローズは驚いたようにそれを見ていた。

「この部屋で渡そうとしたのに、受け取って貰えなかった傘」

ローズはゆっくりと傘から目を上げて、ロブの顔をいぶかしげに見た。

「あんた、物持ちいいわね」

「……なぜか捨てられなくて」

「もう腐ってんじゃない？　まだ使えるのかな」

ローズはそう言って、テーブルの上から傘を手に取り、柄を少し伸ばしてみた。

「まだ錆びてないじゃない」

細いバンドのボタンをプチッと外し、ローズは傘を開いた。

「すご、まだ使える」

ローズはそう言って微笑し、すっとまた傘を閉じた。

ロブはすっと顔の向きを変えて窓の外を見た。うっかりローズの顔を見てしまうとヤバい気がしたからだ。あのときローズに広げてもらえなかった傘が、長い年月を経て、いまこうしてローズに広げてもらっている。あの頃のローズといまのローズは、ロブの中では変わっていなかった。

年を取ると涙腺が弱くなって、体勢を立て直すのも一苦労だった。ロブはローズに悟られないようにゆったりと余裕のある態度を装い、コーヒーカップの取っ手を握り、時間をかけて味わうようにコーヒーを飲んだ。

「あたしの孫の写真、見たい？」

ローズが唐突に言った。

ロブは思わず咽（むせ）そうになったが、どうにか堪えて平静なふりをした。

「まだ、見せてなかったよね？」

「ああ。見せてくれるのかい？」

ロブが答えると、ローズがロブの前に自分のスマホを差し出した。

中年の長い髪の女性に抱かれた青い瞳の赤ん坊の写真がスクリーンにあった。

「それ、下の孫娘」

ロブが食い入るように写真を眺めていると、ローズが言った。

「そんで、孫を抱いているのがあたしのパートナー」

「え？」

「一緒になって今年で二十一年目になる」

ロブは驚いたが、できるだけそれを外に出さないように、柔らかく笑ってみせた。

「へえ、そうだったのか」

「うん。そうだったんだ」

ローズはロブの手からスマホを取り返し、スクリーンに指をすべらせた。

「これが上の孫息子。この子はほんとに元気で、もうすでにＢＡＤ」

三輪車に乗った画像の幼児は、どこかで見たことのあるような三白眼で、写真を撮っている大人に「なんだよ、おめえ」と言わんばかりの反抗的な表情で写っていた。

「誰かにそっくりだな」

ロブが笑うと、ローズが答えた。

「やることはワルいんだけど、ほんとはシャイで優しい男の子。こう見えてけっこう頼りになるんだ」

ロブはもう気取っている余裕を失って、思い切って切り出した。

「あのさ、ずっと聞きたかったんだけど」

ロブの言葉を遮るようにローズが言った。

「ナイラにいろいろ聞いてたんでしょ。知ってるよ」

ローズは再びスマホのスクリーンに指を滑らせ、別の画像をロブの前に差し出した。

「これがあたしの娘。孫たちの母親。ヘザーっていうの」

胸のあたりまである豊かなブルネットの髪をふわふわとカールさせ、銀縁の眼鏡をかけた聡明そうな面立ちの若い女性が写っていた。

「学校の先生をしてるんだ。あたしのパートナーも教員だから、その影響みたい」

「そうか……」

ヘザーの切れ長の目はどことなく自分に似ている気がした。言葉を失っているロブにローズが言った。

「実は、わからないんだよ」

「?」

「あのとき、あんた以外にもセックスした仲間がいて。そっちは一回だけだったんだけど、日にち的に可能性はある」

ロブはスマホから顔を上げた。

「……だから何も言わずに出て行ったのかい?」

「最初は実家に帰って、堕ろすつもりだった。でも、途中で産みたくなっちゃって」

ローズはスマホを自分のほうに引き戻し、ホームボタンを押して、テーブルの上に置いた。

「いずれにしても、あたしたち、父親とかおじいちゃんとかいなくてもうまくやってるから。これまでもずっと楽しくやってきたし」

「……」

「いまさらDNA検査とかでもないでしょ?」

ローズが射貫くような瞳で自分を見ているので、ロブはちょっとたじろいた。

「それは、もちろん……」

「じゃあ、そういうことにしておきましょう」

ローズは「この会話はジ・エンド」と言わんばかりのあっさりした口調でそう言い、グリーン・スムージーのストローを外して、グラスからその緑色の液体をごくごく飲んだ。

「うめ。うまいから、あんたも試しに飲んでみな」

「いや、俺はいいよ」

ロブは釈然としない気持ちだったが、これ以上、何も聞けないような気がした。

女が子どもを宿して、女が産むかどうか決めて、女が産んで、女が育てる。男って、ひょっとするとほんの脇役なのか？

トラファルガー広場のネルソン記念柱の足元のライオン像に跨り、声も枯れんばかりに叫んで「サッチャーやめろ」のシュプレヒコールを先導したときのローズの姿をロブは思い出していた。運動の先頭に立つ威勢のいい女は「ジャンヌ・ダルク」と呼ばれるものだが、ローズは「人頭税反対運動のジョン・マクレーン」と呼ばれた。『ダイ・ハード』でブルース・ウィリスが演じた刑事の名である。あのときも、ロブは人垣の後ろのほうから、ローズの姿をただ眩しそうに見上げていた。彼女といるといつもそうだ。ロブはまるでそれが持って生まれた自分の役目でもあるように自然に脇役に回り、ダイナミックな主人公をサポートしている。

「でも、よかったよ。あんたとこういう話をしておいて」

ローズは唇の両端を上げてにっこり笑った。

「あたしのパートナーもヘザーも運動に加わりたくてウズウズしてたんだ。これまで、なんだかんだって理由をつけて占拠地に来させないようにしてたんだけど、あんたに事情を明かしたから、もうその必要がなくなった」

「でも占拠地はもうなくなっただろ。この家と同じように」

ロブはローズが何を言っているのかわからなかった。

「あんた、まさかジェイドたちの運動、終わったと思ってるの？」

ローズは呆れたような目つきでロブを見ていた。

「ジェイドたちは、自分たちに住む家ができたからって運動をやめる気はないよ。同じような目にあってる人たちがいる限り、続けていくって言ってる。もちろんあたしもこれまで通り手伝っていくつもり。ナイラもその気でいるよ」

ローズはまるでウォッカでも呷るようにくいっとグリーン・スムージーを飲み干すと、この家に住んでいた頃のように瞳をぎらぎらさせて上目遣いにロブを見ていた。

ヤバい。と、ロブは思った。

昔からそうだった。ローズがこんな挑戦的な目をして、「あんた、やるの、やらないの？」と迫ってくると、ロブは嫌とは言えなくなる。「やるしかないだろ」と答えるのが、まるで彼に与えられた唯一の選択肢でもあるかのように。

「そうか……、あんたら、まだやる気なのか。じゃあ俺にできることがあれば、何でも言ってくれ」

ロブはそう言って、ローズの目を見ながら笑った。昔のように苦味走った笑みを浮かべたつもりだったが、それは年相応の年輪というか温かみが加わった、人のいいおっさんの笑顔になっているだろうことをロブは知っていた。

結局、俺たちはそうなんだとロブは思った。

男と女とか、家族とか、そういうものではない。だけど、ある意味そういう関係よりも強いもので結ばれていて、いまでもそれは続いている。

同志。

いい言葉じゃねえか、とロブは思った。

「雨が降ってきたね」

窓の外をさあさあと降り始めた雨を見ながらローズが言った。

「この傘、借りていい？」

「借りるも何も、あんたにあげた傘だから。……っていうか、あんた、傘さして歩くようになったんだな」

「いい年したばばあがびしょ濡れで街を歩いてたら、通行人に心配されるでしょ」

ローズが肩をすくめながら言う。

「でも、今日はこの傘は使わなくていいよ。俺、車で来たから家まで送る」

ロブはそう言って、ローズをじっと見た。

「車の中で、これからのE15ロージズの運動の計画を聞かせてくれ」

ぱっと大輪の花が咲いたようにローズが笑った。

それは数十年ぶりに開いた傘のように鮮やかで、ロブは思わず見とれてしまい、彼女には勝てないことを思い知らされるのだった。

路上(ここ)より永遠に

あたりはすっかり冬めいて、冷たい風が頬を吹き過ぎていく。

ウッドワーカー公営住宅地にいたのは秋のことだったのに、もはや一年ぐらい前の話になったようだ。

ジェイドは公園のベンチに座って、シンディが子どもたちを遊ばせているのをぼんやり見ていた。三人の女児とシンディは、砂場に座り込んで小さなスコップでプラスチックのバケツに砂を入れて遊んでいた。少し離れたところで遊んでいた少年が黙ってスコップを一本取って行こうとすると、ギャビーの娘が後ろを追いかけ、断固とした態度で背後からスコップに手をかけてぐいっと引っ張り、自分のもとに取り戻した。

ギャビーは、今日はE15ロージズのメンバーの一人の家を見に行っている。だからジェイドとシンディが彼女の娘の面倒を見ているのだった。

「とにかくメンバー全員に住居を提供しなきゃいけなくなったもんだから、ひどい物件に住まわされている子がいるみたいなんだ」

夕べ電話口でギャビーはジェイドにそう言った。

「あたしらみたいな顔の知れてるメンバーには問題のない家が提供されているけど、目立たなかった子たちには、とても住めないようなひどい物件があてがわれてるらしい。シャワーが出なかったり、ヒーターが壊れていたり……、住宅課や福祉課に相談しに行っても埒が明かないって言ってた」

役所は声の大きなメンバーだけを黙らせるために優遇し、声の小さいおとなしいメンバーたちを適当にあしらっているとギャビーは怒っていた。

「メンバーの中には、あたしたちが彼女たちを利用したと言ってる子たちもいるらしい。自分たちさえ有名になって住む家が確保できたらそれでいいんだろうって。フェイスブックにいろいろ悪口を書き始めた子たちもいる」

ギャビーの言葉がジェイドの頭の中で再生された。

ジェイドはふうと重いため息をつき、膝の上に乗せていたハードカバーの本を再び開いた。どのくらい読んでいたのだろう、ふと気づくとシンディがベンチの脇に立っていた。

「よっぽど面白いんだね、その本。最近、いつも読んでるじゃん」

「うん……」

とジェイドが答えると、シンディが隣に腰を下ろした。

「ねえ、覚えてる？　みんなでこの公園に来て、ローズが歌ったときのこと」

「うん。ローズ、すごい歌がうまくて、びっくりしたよね」

砂場の向こう側に無人のブランコが揺れていた。そのブランコの脇にある大きな花壇の周りに配置されたベンチの一つに座って、しゃがれた声でローズはこう歌ったのだった。

私たちは行進する　行進する
美しい昼間の街を

百万の煤けた台所が
千の屋根裏の灰色の製粉部屋が
きらきらと輝き始める
突然の日の光に照らされて
人々が聞くのは私たちの歌
「パンと薔薇を　パンと薔薇を」

いま自分が読んでいる本に出てくる人たちも、あの歌を歌ったかもしれないとジェイドは思った。その歌を歌う人々の系譜は昔もいまも、たぶん時を超えて続いている。

「もうずっと昔のことのように思えるよね」

とシンディが言った。

「あれから本当にいろんなことがあったもんね。信じられないぐらいいろんなことがあって、占拠が終わってからも、それはまだ続いているんだけど……」

「うん。そうだね」

と答えてジェイドは読みかけの本を閉じた。

シンディは砂場の子どもたちのほうを見ながら、ぽつりと言った。

「……あたしね、週末に、久しぶりに母さんに会ってきたんだ」

シンディの言葉に、ジェイドは彼女のほうを振り向いた。

「よくやったね、って言われた。誇りに思うって」

シンディはにっこり笑ってジェイドの顔を見ている。

「あんなこと母さんに言われたの、初めて」

シンディが金髪のエリートDV男と暮らしていたときに、彼女の母親がフィリピン系コミュニティのおばさんたちを引き連れて怒鳴り込んできたという話をジェイドはふと思い出した。

「一人の女が一人の女のことを誇りに思うって、なんかよくない？　いつか自分の娘にも、あたしたちがやったことを誇りに思ってもらえるといいな」

「そうだね」

ジェイドとシンディはどちらからともなく砂場の子どもたちのほうに視線を移した。

一心に砂をかき集めてバケツに入れたり出したりしている子どもたちの背中に、明るい日の光がさんさんと降り注いでいた。


「ものすごく面白かったです！　ありがとうございました」

商店街のカフェの油で汚れたテーブルに一冊の本を突き出してジェイドが言った。

彼女の正面に座っているナイラは、その表紙を見て微笑しながら答える。

「ああ、返してくれなくていいのに……。それ、あげる。あなたに持っておいてほしいから」

「え？」

「最初からそのつもりだったもん」

トレイにコーヒーカップやジュースのグラスを載せてカウンターから戻ってきたローズが言った。

「何それ。ああ、『イースト・ロンドン・サフラジェッツ』か」

「知ってるの?」

とジェイドが尋ねると、ローズが答えた。

「うん。この人、ロンドン東部の女性の歴史を専門に研究してきたから、いつかこの団体について書きたいって若い頃から言っててね。この本が出たとき、先にやられたってすごい口惜しがってたもん」

ナイラは人差し指で眼鏡を押し上げながら言った。

「でも、ずいぶん雑なまとめ方をしている本だから、イースト・ロンドン・フェデレーション・オブ・サフラジェッツについて書くべきことはまだいっぱいあるんだけどね」

ローズはにやにや笑いながらナイラとジェイドの前にコーヒーのカップを置き、自分はオレンジジュースのグラスを持ってジェイドの隣に腰かけた。

「シルビア・パンクハーストなんて人、いたことも知りませんでした」

ジェイドが言うと、ナイラがコーヒーに口をつけてから答えた。

「母親のエメリン・パンクハーストや姉のクリスタベルは有名だけどね。その二人から、シルビアは破門されちゃったから」

「女性参政権を求めて闘ったサフラジェットのことは中学校で習いました。あの、競馬場で国王の馬の前に走り出て亡くなった人……、エミリー・デイヴィソンのこととかは覚えてましたけど、この地域で闘った人々のことは習いませんでした」

「このあたりで闘ったサフラジェットたちは、本流のサフラジェットの組織から破門された人たちだったから、マイナーなのよ、扱いが」

ナイラが言うと、ローズも頷いた。

「ロンドン東部は、貧しい労働者階級の街だったから昔からいろんな運動があって、だからこそ、この地域のサフラジェットの活動は単なるフェミニストの運動で終わらなかった。貧困問題や労働問題の軸も入ってて、もっと泥臭いっていうか、貧困地域に草の根をどっしりと張った行動するアクティヴィストたちだった」

ローズがそう言い終わらないうちから、ナイラは遠い目をして思い出し笑いをしていた。

「そういえば、ロブもシルビアのことすごい好きだったよね。っていうか、スクウォットしてたときの仲間はみんな、性別に関係なく彼女が好きで、壁にシルビアの肖像画を描いてた人もいた」

二人が懐かしそうに微笑み合っている姿を見ながら、ジェイドが言った。

「この本を読んでいて思ったんですけど、もしかしたら、シルビアたちはこの地域に自治区みたいなものを作ろうとしていたのかなって……」

「本家のサフラジェットたちに比べると、このあたりでやった人たちはアナキズム色が強かったの。失業者や貧しい子どもには食べさせ、託児所や玩具工場をつくって雇用を創出し、警官が貧困層の人たちを暴力で迫害していたから、「人民軍」っていう自警団まで組織した」

ナイラはまるで自分がしたことのように誇らしげに言った。

「運動が生活に根ざしてるっていうか、運動の拠点が生活そのものだったんだよね」

ナイラの話を聞いていると、それはまさに自分たちの占拠区でも起こり始めていたことじゃないかとジェイドは思った。どこからともなく、どんどん人々が集まってきて、みんな自分が持っているものを持ち寄り、自分が持っていないものは貰って帰った。それは物品だけではない。知恵や情報やスキルもそうだった。できないことはできる人がやり、各自が必要なものを、必要に応じて手にした。誰かがボスや元締めになって上から分け与える必要なんてなかった。

アナキズムなんて思想のことはジェイドにはよくわからないが、自然に自治が起こることがそうだとすれば、あの場ではそれが実現されていたのではないだろうか。

「あたしたちのやったことで一番大きかったのって、実は公営住宅を占拠したことじゃなくて、その後に起きたことじゃないのかなって最近思うんです。つまり、あそこを解放して、物やスキルや考えを自由にシェアしたい人たちのハブにしたというか」

ジェイドは自分が思うことを言ってみた。

「E15ロージズの話になると、テレビに出たとか、若者の貧困や住宅の問題に対する人々の認識を高めたとか、そういうことを言われますよね。でも実際、メディアでいろいろ言ったって、「その通りですね」「いいこと言いますね」ってアナウンサーに相槌を打たれるだけだった。「すっきりした」「よく言った」ってツイートがネットに流れて、それで終わり。現実は何も変わらない。ジリアン区長が謝罪したのは嬉しかったけど、あの後だってメンバーの住居問題は続いています。でも、あの占拠地は何か違う方向性を見せていた。ほんとうにいまの世の中とは違う何かが起こり始めていたのは、誰が何を言ったとか、何をしたとかじゃなくて、あの場所自体だと思う」

ナイラとローズはコーヒーやジュースを飲むのをやめて、じっとジェイドの話を聞いている。

「で、これからE15ロージズは何をやるつもりなの？」

ローズが聞くと、ジェイドは視線を下に落としてしばらく考え、それからくいっと顔をあげて言った。

「占拠地はもうなくなったけど、ああいう場が必要だと思う。ネットなんかじゃダメなんです。フィジカルに集まって生きることをサポートし合う「場所」が要る。そこに戻ってもう一度始めたいなって、この本を読みながらずっと考えていました」

ジェイドの言葉に、ナイラとローズは顔を見合わせ、意味ありげに微笑んでいた。

ジェイドにはもう自分が戻るべき場所はわかっている。

ふり出し。それはすごろくゲームの最初のコマのことだ。ジェイドたちにとって、始まりのコマは紛れもなく路上だった。

久々にスーパーマーケットの前に立ったジェイドの背後には、E15ロージズの初期のメンバーたちが立っていた。だがその人数は、一年前と比べると三分の一にも満たない。

「ソーシャル・クレンジングではなく、ソーシャル・ハウジングを」と書いた細長いバナーの右端と左端をそれぞれ握り、シンディとギャビーも立っていた。メンバーたちの脇には以前と同じように玩具を並べたテーブルが設置され、メンバーの子どもたちが塗り絵をしたりして遊んでいた。

ジェイドはいつもそうしてきたようにすうと息を吸い、大きな声で朗々と喋り始めた。

「あたしたちは、ザ・サンクチュアリという、すぐそこの裏通りにある若いホームレス専用のホステルに住んでいました。一年前のある夏の日、あたしたちは、二カ月以内に退去するようにという通知を受け取り、退去要求に対する反対運動を行ってきました」

人々の足が次々に止まり、ジェイドの前に集まり始めた。

「テレビに出てた人じゃない？」

「ああ、あのウッドワーカー占拠運動の……」

人々が噂する声が聞こえた。

「いまでもやってたんだね」

いまでもやっている。そう言われているのがジェイドにはおかしかった。ウッドワーカー公営住宅地を占拠したのはほんの数週間前のことなのに、「いまでも」なんて言われている。メディアやネットに騒がれなくなった運動は、数週間のスピードで昔の話になるらしい。「15分の名声」とはよく言ったものだとジェイドは思った。

「ここはあたしたちがこの運動を立ち上げた場所です。去年の夏、あたしたちはここで初めて

だけどジェイドにはわかっていた。彼女たちの運動の最もたいせつな部分は、ある一つの不

ンディも心底解(げ)せないという顔をしていた。

スーパーマーケットの前の歩道で運動を再開しようとジェイドが言ったとき、ギャビーもシ

「えっ？　あそこに戻るの？」

にゆっくりやり続けなければいけない。いつまでもしつこく反復しなくてはいけない。

だから続けなくてはいけないのだ。すっきりした結果が出なくても、痛快でなくとも、着実

ともしない。

うなヤワなものではないからだ。一度や二度、ゆるいジャブをかますぐらいでは、相手はビク

それは、この区や市や国や社会を回しているシステムというものは、このぐらいで変わるよ

こうやって、痛快だったはずの勝利の物語がばらばらと脆(もろ)く壊れていく。

で激しく運動関係者を攻撃する母親たちも出てきた。

ンバーたちの間に猜疑心や不信感が生まれ、ジェイドたちから離れていく母親たちや、ネット

いないからという地理的な理由だけではない。便利な場所の快適な住居を紹介されなかったメ

両手の指が余る人数のメンバーしか集まらなかったのは、前のように一つの場所で暮らして

まだ果たされていません」

区長が全国紙であたしたち全員に然るべき住居を提供すると約束しました。でも、その約束は

の闘いでした。そして、今年の秋のウッドワーカー公営住宅地の空き家占拠を経て、ジリアン

声を上げました。それは、ホームレスのシングルマザーと子どもたちが住む家を獲得するため

動の場所に「集まる」ことにあったのだということ。その姿勢が当たり前のように占拠地にも引き継がれたから、あそこではシステムとは違う何かが起こり始めていたのだ。

あたしたちは、あたしたちの周辺にもう一つの世界をつくりだす。そしていろんな人たちが自分たちの周りにもう一つの世界を立ち上げる。それがだんだんクモの巣のように広がり、水平に繋がったときには、そのときには……。

「あんたたち、新聞で「二〇一四年のヒーロー」に選ばれた人たちだろ？　ネットで見たよ」

人垣の中にいた中年の男性が叫んだ。周囲から一斉に拍手が沸き起こる。

ジェイドは微笑して礼を言ってから、両手を上下させ、拍手をやめるよう聴衆に促した。

そんなことはもうどうでもよかったからだ。誰に何に選ばれたとか、メディアに評価されたとか、そんなことは関係ない。自分たちがやっていることはそれよりももっと大きな流れに接続している。そのことをジェイドは確信していたからだ。

人々の拍手と歓声がおさまると、ジェイドは再び演説を始めた。

話し始めたとき、人垣の向こうに誰かが立っているのが見えた気がした。黒い外套につばの広い帽子を被り、拳を握りしめて聴衆に呼びかける百年前の女性の姿がそこに立っているのを確かに見た気がしたのだ。

シルビア・パンクハーストだ、とジェイドは思った。

ここにいた人たちがやり残したことを、あたしたちは確かに路上で拾った。だからまた始める。何度でも、それはここで、誰かによって必ず始まり続ける。その始まりが終わることはない。それはなんて強力な真実だろう。

ジェイドは自分の声が人垣の向こうに見える女性の声と重なり、一つになるのを感じた。

その声はもう一年前のように震えていない。それは野太く、ひるまず、たゆみなくそこに響いていたような強か（したた）な声だった。

また会う日まで

テムズ川を見下ろすカフェに座って、史奈子はカフェオレの丸いカップを両手で握っていた。

「温かい……」

いつの間にか屋外のテーブルに座るには寒い季節になっていた。幸太が来たときには、一緒にここで朝食を摂っても平気だったのに、いつしかすっかり季節は変わってしまった。

この国では、季節が変われば時間も切り替わる。夏時間から冬時間になると、日本との時差は八時間から九時間に変わる。だから、この時期になると、日本がちょっとだけ遠のくような気がする。二つの国のあいだの距離は少しも変わらないのに、時間だけが遠ざかっていくのだ。

「よし、できた。オンライン・チェックイン登録完了」

スマホに向かって一心に何か入力していた幸太が顔を上げた。

「航空券のチェックインって二十四時間前からしかできないんじゃないの？」

史奈子が尋ねると幸太が答える。

「いや、情報の登録だけは前もって入力できるんだ。で、二十四時間前になったら、そのまま自動的にチェックインするみたい」

「ふうん……」

何でもないふうを装って言ってみたが、史奈子の胸がちくりと痛んだ。

「今回は、いろいろ、ありがとね」

幸太がじっと史奈子を見てそんなことを言うので、史奈子は対応に困った。

「突然、何言ってんの？」

「史奈子がいなかったら、言葉から何から、ほんと困ってたと思うし。史奈子のおかげだもん、スムーズに取材ができたのは」

自分なんかいなくても、彼はずんずんロンドンにやって来て、どんどん占拠地の中に入り込んで行って取材しただろう、と史奈子は思った。むしろ、ロンドンに住んでいたのに、これまでの生活のスタイルでは絶対に知り得なかったことを見せてもらったのは史奈子のほうだった。

「お礼を言うべきなのは、こっち」

「え、なんで？」

史奈子が黙って川のほうに目をやると、幸太がにやにやしながら言った。

「もしかして、いい男と毎晩ビール飲めたから？」

「アホなこと言わないでくれる？」

史奈子は椅子から立ち上がり、カフェのテラスを出て遊歩道を歩き始めた。幸太が慌てて後を追う。

週末の遊歩道はカップルや親子づれが散歩を楽しんでいて賑やかだった。ジョギングする人たちも軽やかに脇を走り抜けて行く。

幸太が来る前は、史奈子もこんな風に一人でこのあたりを走っていたものだった。休日はジョギングから始まり、家事をこなして、家に持ち帰った仕事で暮れていった。

健康的で建設的な週末を過ごし、新たな週に備えるのだ。月曜日からの一週間を生産性の高い時間にするために……。

史奈子は遊歩道から川面に降りて行く細い石畳の坂を下った。途中から水につかった坂の周辺にたくさんアヒルが浮いていて、少し離れたところには白鳥も二羽いた。

バッグの中から白い紙袋を出し、史奈子がクロワッサンを千切って投げ始めた。

「え、これやるためにさっきそれを買ったの？」

背後から幸太が尋ねる。

「うん」

振り向いて答えた史奈子に幸太が言った。

「カフェのクロワッサンをアヒルにやるなんてポッシュうー」

ポッシュ(上流階級風)と言われてカチンときたので、史奈子はちょっとムキになる。

「やってみたかったんだからいいじゃない。アナキズムってそういう細かいこと気にしないんじゃないの？　クロワッサンの値段がいくらだとか、お金の無駄だとか」

「うん。まあ、……そりゃそうだ」

史奈子が投げるクロワッサンの欠片のせいで、アヒルたちが無秩序状態になってきた。ばーっと集まってきて嘴を突き合って餌を奪い合い、別の場所に投げると今度は先を争ってそっちに移動してバトルを繰り広げ、まだ足りないとばかりに史奈子のほうに近づいて来るアヒルたちもいた。

「やば、マジでアナーキー・イン・ザ・リバー」

幸太も言うので、史奈子は急いで残りのクロワッサンを川面に投げ、坂をのぼって遊歩道に戻った。

「あー怖かった。鳥って、ああ見えて実は凶暴だよね」

「小さいものがびっしり集まると怖いからね」

幸太の言葉に史奈子は少し沈黙し、ゆっくりと言葉を返した。

「うん。小さい鳥でも集まると人間をビビらせることができる。だから、大きいものは小さいものを舐めちゃいけない」

「腹を空かしているときの鳥たちは特にスケアリー。これ民衆暴動の極意なり」

二人は並んで再び遊歩道を歩き始めた。冷たい初冬の風が史奈子の頬を吹き抜けていく。

「私は暴力的な抵抗に関しては賛成の立場じゃないけど……、でも、幸太たちの言ってることがちょっとわかってきた気がする」

「ダメでしょ、それ。新聞記者のくせに」

「でしょう?」

幸太と史奈子は笑いながら顔を見合わせている。

「日本にいた頃は、抵抗運動なんてバカバカしいと思ってた。そういうのは、幸太たちみたいに思想的にそれが好きな人たちのやることで、部活みたいなもんだって」

「部活?」

「でも、ジェイドたちと会って、抵抗は趣味じゃないんだってわかった。生きるために……、私たちは自分を生きるために抵抗していかないといけないんだ」

「おおー、史奈子、かっこいい!」

「茶化さないで」

史奈子がきっと睨むと、幸太が「ごめん」と頭を掻いた。

「……私、ずっと日本のシステムの中で育って、働いて、こっちに来てからも、それは何も変わらなかったから、どこに行こうが世の中は同じと思ってた。だから、今回は自分の知識の外側にある世界を初めて見た気がした。幸太はすでにいろいろ調べて知っていたんだろうけど、私は初めてだった」

「……」

「もちろん私の立場はジェイドたちとは違うよ。私は恵まれた環境で育ったし、お金に苦労したこともない。だけど、どこか息苦しいっていうか、酸素が足りないっていうか、あの窮屈な感じはどこから来るんだろうと思ってた。一方で、そんなの贅沢な悩みなんだって自分に言い聞かせてたし」

幸太は黙って史奈子の横顔を見つめていた。

「いまある社会の中でうまくやんなきゃしょうがないんだって、いつも努力してきた。ちょっと褒められたりすると生き甲斐感じたりして。よし、もっとここでうまくやってやろう、親や学校や会社が喜んでくれるように、それが人の役に立つってことで、自分の価値を上げることなんだって……」

黙って聞いている幸太の顔を見ながら、自分はきっと恋愛についても同じだったんだと史奈子は思った。

「理不尽に思うことや不平等を感じることにムカついたり、これは間違っているんじゃないかと思うことがあっても、しょうがないと思って流してきた。闘ったり、抵抗するなんて愚かだし、そんな面倒なことをしたって何も変わらないと思ってた」

「抵抗なんて無駄でしょって、俺、何度も史奈子に言われたもん。よく覚えてるよ」

「無駄だって思うことが賢い大人のすることだって信じてた。だけど、賢く生きることで死んでしまう部分が自分の中にあって、おかしいことをおかしいって言いたい衝動とか、そういうことを抑えつけていると、ここに生きているのは自分なんだけど実は自分じゃないみたいな変なことになって、自分が自分の人生の当事者じゃなくなってくる」

史奈子はそう言うと急に立ち止まり、唐突に幸太のほうに右手を差し出した。

「だから、ありがとうを言わなきゃいけないのは私のほう。幸太がいなかったら、自分がそういう変なことになっていたことにも気づけなかった」

幸太は差し出された手を握り、二人は遊歩道の真ん中に立って握手していた。

なぜか初めて会う人間たちのように二人は互いに手を握り合っている。互いの体でいろんなことをした仲なのに、握手したのは初めてだったことに史奈子は気づいた。幸太も同じことを考えているのだろうか。やけに神妙な顔つきをして握った手と手をじっと見つめている。

幸太が日本に発つ前の晩、二人はウッドワーカー公営住宅地に行った。ウィンストンからディナーに招待されたからだ。

大きなローストチキンを焼いてウィンストンは二人が来るのを待っていた。ローストポテトに色とりどりの野菜の付け合わせ、グレイビーソースにヨークシャープディングまで手作りだと言っていた。イギリスらしい料理が食べたいと言う幸太のリクエストに、ウィンストンが張り切って応えてくれたのだった。

幸太とウィンストンはすっかり意気投合し、占拠運動が終わってからも毎日のように会っていた。一緒に野外マーケットに行って幸太が日本に持ち帰る土産物を調達したり、パブでランチを食べたりしてすっかり仲良くなっていたので、ウィンストンは幸太の帰国をとても寂しがっていた。

「いつでも帰って来いよ。二階の部屋を使ってくれていいから」

その夜も、ウィンストンは何度も幸太にそう言っていた。

「ＯＫ」

そのたびに幸太はそう言って笑い、ウィンストンと右手の拳を突き合わせた。

「短期間でこんなに英語もわかるようになったのに、いま帰ったらもったいないな」

「でも、日本ですることがあるから」

英語で答えながら笑う幸太に、史奈子が皮肉っぽく、ばか丁寧な英語で尋ねた。

「で、いったいあなたは何をなさるご予定なのですか？　日本にお帰りになって」

「何って……、いろいろ」

幸太が短くそう答えてチキンを頬張ると、ウィンストンが言った。

「俺も寂しくなるけど、何より、シナコが寂しくなるんだぞ」

「ノー！　そんなことは全然ありません」

史奈子はきっぱりと答えて、ビールをぐいっと喉に流しいれた。

そういえば、いま幸太が東京でどんな暮らしをしているのか史奈子は知らないのだった。恋人がいるのか、誰かと一緒に住んでいるのか、本人もまったく口にしなかったので、史奈子も聞いてない。だけど、そんなことはもう関係ないのだと史奈子は思った。幸太には幸太の日本での生活があり、自分には自分のここでの生活がある。

「私もこれから忙しくなるから、寂しくなっている暇なんてありません」

そう言って史奈子はフォークとナイフを皿の上に置き、ウィンストンのほうに向き直って言った。

「あの……、二階の部屋、幸太が使わないんだったら、私が来ちゃったらダメですか？」

「ＷＨＡＴ？」

ウィンストンより先に、幸太が声を上げた。

「私、実はいまの仕事を辞めようと思ってるんです。そうなったら、いま住んでいるフラットには住めなくなります。あそこは会社から出ている住宅補助で借りていますから」

「仕事を辞めて、どうするんだい？」とウィンストンが尋ねた。

「フリーランスのライターになります。これからは自分が書きたいと思うことを書いていきたいんです。日本には、有料記事を公開できるサイトもあるし、メディアで働いている友人たちもいるから原稿を送ります。うまくいくかどうかはわからないけど、日本の新聞には書かれていないニュースを書いていきたいんです。最初はお金にならないと思うから、たくさん家賃は払えないんですけど……」

「何言ってんだい。金なんていらないよ。当たり前だろ」

ウィンストンはそう言ってビールのグラスを手に取って、高く掲げた。

「最高にいいと思うよ、俺は断然応援する。乾杯だ、シナコの未来に。ほら、コータ、何ぼけっとしてるんだよ」

「え、あ、ああ」

「乾杯（チアーズ）！」

史奈子もビールを高く掲げて微笑み、二人に「サンクス」と礼を言った。

実のところ、史奈子にも自分がいま言ったことが信じられなかった。

だけど、それはその場のノリで出てきた言葉ではなかった。

ずっと考えていたのだ。この公営住宅地の占拠運動を外側から眺めながら、そして、ジェイドやローズたちやウィンストンやこの運動を支援するために集まった人々と言葉を交わしながら、それは少しずつ自分の胸の中で確かに膨らんできた決断だった。

史奈子は、もう彼らを知らなかった頃の自分には戻れない。

たぶん、史奈子のイギリスでの生活はいま始まろうとしているのだ。

「だけど、そんなに簡単に新聞社なんて辞められるの？」

幸太が日本語に戻って言った。

「どうして簡単に辞められないと思うの？」

史奈子はいたずらっぽい笑みを浮かべながらそう答えた。

「なんだか、私が仕事を辞めること、彼のほうが心配してるみたいなんですけど」

英語でウィンストンにそう言うと、ウィンストンが幸太に強い口調で尋ねる。

「どうしてなんだい、コータ」

「ノー！　ノー・プロブレム」

幸太は顔の前で手のひらをぶんぶん振りながら言った。

「たぶん、絶対に私はそんなことしないと思ってたんでしょう」

史奈子はそう言って笑い、ウィンストンに礼を言った。

「あなたたちのおかげです。あなたやジェイドたちのおかげで、なんだかお腹の中にホットなものが湧いてきた」

「おお、そりゃあホットなうちに動かないとな」

ウィンストンがそう言ってウィンクすると史奈子が顔を輝かせた。

「そう、そうですよね！」

すっかり意気投合して顔を見合わせている二人のグラスに、幸太がビールをどぼどぼ注ぐ。

「いやー、グレイト、グレイト。レッツ・セレブレート」

幸太の声は心なしか上ずっていた。今夜は英国を去る幸太の送別会ディナーだったはずなのに、いつの間にか史奈子の壮行会みたいになっていた。

ウィンストンに別れを告げて彼の家を出た二人は、どちらから言い出すともなくそのまま占拠地の建物のほうに歩いて行った。

再び区の管理下になり、静まり返った建物の前に立つと、ここで占拠運動が行われていたのが遠い昔のことのように思えた。

いつもたくさんの人が座っていて賑わっていた芝生の上に立つと、オレンジ色の街灯に照らされた無人の前庭は、こんなに面積があったのかと驚くほど広々としている。

「本気なの？　ウィンストンに言ったこと」

じっと元占拠地の建物を見つめている史奈子に、幸太が背後から声をかけた。

「嘘であんなこと言わないでしょ」

史奈子が幸太のほうを振り向く。

「こんなに何かを「したい」と思ったことないんだ。だから、考えるより先に言葉が出てきた。もう戻れない」

「ほえー」

「何、それ。どういう反応なの、「ほえー」って」

「史奈子すげえ」

「何が？」

「だって史奈子、エリートじゃん。なのに、すべて投げちゃうんだ？」

「あのさ、それ、アナキストの反応としてどうなの？」

幸太は何かを言おうとしたが、口をつぐんだ。もしかして、責任めいたものを感じているのかなと史奈子は思った。彼にしても、ロンドンでの取材の仕事が決まったとき、元カノのところに泊まればいいぐらいに軽く考えていたに違いない。まさか史奈子が今回のことでこんなに影響を受けるなんて夢にも思っていなかっただろう。

そもそも、史奈子はこういう風に突発的に、いきなり何かを決めたり始めたりするタイプではなかったからだ。いままでの感じでいえば、それは幸太のほうだったはずなのだ。思いつきでいろんなことをやってしまう幸太に呆れながら、母親のように、しっかり者の姉か妹のように細々と面倒を見、いつも彼を支えるのが、幸太にとっての史奈子だったのだ。

それが、いきなり仕事を辞めるだの、ウィンストンの家に下宿するだの、いつもの史奈子からは想像もできなかったことを言い出した。幸太はきっとそのことに困惑しているのだ。

アナーキーは男の特権で、女にやんちゃになられたら困る。そんな前提が彼の中にはあったのかもしれない。女にはいつも自分を優しく許し、支えてほしい。そういう自分の本音と、今度は幸太が向き合う番だ。

「私たち、これからライバルだね」

と史奈子は言った。

「え?」

「悪いけど、欧州の社会運動に関する記事は、現地にいる私のほうが強いかも」

「そりゃそうだよ。ずるいなー」

「書きたいことが山ほどある。こんなの初めてなんだ。いままでは、どうせこんなのボツる、いくら書きたくても求められていないものは書けないって、ずっと諦めてた。でも、これからは違う。何を書くか決めるのは私。どう書くかを決めるのも私なら、すべてのリスクを負うのも私。すっごい楽しみ。一歩外に出るのって、すごく怖いけど、なんかワクワクするね」

「史奈子、なんか……」

幸太は眩しそうに目を細めて史奈子を見ていた。愛の告白か何かしそうなとろみのある視線だったので、史奈子がどきどきしていると、幸太はうっとりするような口調で言った。

「なんか、……けっこうアナキスト」

「ははは。だから言ったでしょ。私たち、同じニッチを奪い合うようになるからねって」

史奈子は大笑いしてそう答えた。

「ヤバくなってきたなあ、いろいろ、いろんな意味で、ホント、実は史奈子が一番ヤバいよ」

ふざけた口調で言ったわりには、幸太はなぜか照れたように史奈子から視線を外した。そして頭を斜めに傾け、腕組みをして、いつまでも元占拠地の建物を見上げていた。

翌日の午後、史奈子は某日系新聞社の駐在員オフィスの片隅に置かれた応接セットのソファに腰かけていた。

向かいには驚いた表情をした所長が腰かけている。

「また、どうして……」

「いろいろと考えた結果です」

「日本に帰りたくなったのか？」

「いえ、違います。逆に、帰りたくなくなったんです」

「は？」

「この国に落ち着いて、日本の人々に書いて伝えたいことができました」

オフィスの窓から季節外れの青空が見えている。そろそろ幸太の飛行機がヒースローを離陸する時間だった。

SEE YOU AGAIN

朝、史奈子が仕事に出かけようとドアを開けたとき、ソファで寝たふりをしていた幸太がなぜか英語でそう言った。

日本に帰る幸太と、日本の会社を辞めることにした自分。

今度会うとき、私たちはどうなっているんだろう。

史奈子は窓から目をそらしてまっすぐに所長を見ながら、ダメ押しのように言った。

「自分で決めたことですから、もう心は変わりません」

それは発した当人が驚くほど強い、きっぱりとした声だった。

とは言え、収入のあてがあるわけでも、先の見通しがあるわけでもない。いまの状況ではこれは単なるカラ元気だ。でも、きっとこのカラ元気からすべては始まる。そう。それは自分自身をリスペクトするための激励であり、景気づけだから。

ソファから立ち上がった史奈子の頭の中に、アレサ・フランクリンの歌声が聞こえてきた。

腰に手をあてて左右にわしわしお尻を振りながら歌うアレサの姿を史奈子は思い浮かべた。

そのままマイクを握りしめてシャウトするわけにはいかなかったが、脳内に響く軽快なサウンドに合わせ、不敵にステップを踏みながら自分の机に向かった。

狭い事務所をリズミカルに闊歩する史奈子の姿は端的に言ってヤバい人だ。が、ヤバい人になった気分は思いのほか清々しかった。

R(アール)・E(イー)・S(エス)・P(ピー)・E(イー)・C(シー)・T(ティー)

　このヤバさは癖になりそうだ。少しばかりの自分へのリスペクトが起動させる未来が、いま、ここから始まる。

初出

本書は、PR誌「ちくま」の二〇二一年六月号から二〇二三年十一月号まで連載された「R・E・S・P・E・C・T（少しばかりのリスペクト）」に大幅に加筆したものです。

ブレイディみかこ Mikako Brady

ライター・コラムニスト。1965年福岡市生まれ。音楽好きが高じてアルバイトと渡英を繰り返し、1996年から英国ブライトン在住。ロンドンの日系企業で数年間勤務したのち英国で保育士資格を取得、「最底辺保育所」で働きながらライター活動を開始。2017年、『子どもたちの階級闘争――ブロークン・ブリテンの無料託児所から』（みすず書房）で第16回新潮ドキュメント賞受賞。2018年、同作で第2回大宅壮一メモリアル日本ノンフィクション大賞候補。2019年、『ぼくはイエローでホワイトで、ちょっとブルー』（新潮社）で第73回毎日出版文化賞特別賞受賞、第2回 Yahoo! ニュース―本屋大賞 ノンフィクション本大賞受賞、第7回ブクログ大賞（エッセイ・ノンフィクション部門）受賞。

著書は他に、『花の命はノー・フューチャー DELUXE EDITION』『ジンセイハ、オンガクデアル――LIFE IS MUSIC』『オンガクハ、セイジデアル――MUSIC IS POLITICS』『ワイルドサイドをほっつき歩け――ハマータウンのおっさんたち』（ちくま文庫）、『ヨーロッパ・コーリング・リターンズ』（岩波現代文庫）、『女たちのテロル』（岩波書店）、『THIS IS JAPAN――英国保育士が見た日本』（新潮文庫）、『ぼくはイエローでホワイトで、ちょっとブルー2』（新潮社）、『いまモリッシーを聴くということ』（Ｐヴァイン）、『労働者階級の反乱――地べたから見た英国ＥＵ離脱』（光文社新書）、『女たちのポリティクス――台頭する世界の女性政治家たち』（幻冬舎新書）、『ブロークン・ブリテンに聞け Listen to Broken Britain』（講談社）、『他者の靴を履く――アナーキック・エンパシーのすすめ』（文藝春秋）、『両手にトカレフ』（ポプラ社）などがある。

リスペクト
——R・E・S・P・E・C・T

2023年8月5日　初版第1刷発行

著者　ブレイディみかこ

発行者　喜入冬子

発行所　株式会社筑摩書房
東京都台東区蔵前2—5—3　〒111—8755
電話番号　03—5687—2601（代表）

印刷・製本　三松堂印刷株式会社

ISBN978-4-480-81573-6 C0093

〈ちくま文庫〉

オンガクハ、セイジデアル

MUSIC IS POLITICS

ブレイディみかこ

ヘイトスピーチ、拡大するアンダークラス。『アナキズム・イン・ザ・UK』の一部に大幅増補。ロックと英国社会を斬るエッセイ。

解説＝平井玄